Bhagavad Gita

Diretora-executiva
Renata Sturm

Diretor Financeiro
Guther Faggion

Diretor Comercial
Nilson Roberto da Silva

Administração
Alberto Balbino

Editor
Pedro Aranha

Revisão
Fernanda Felix

Direção de Arte
Rafael Bersi

Marketing e Comunicação
Matheus da Costa, Bianca Oliveira

DADOS INTERNACIONAIS DE CATALOGAÇÃO NA PUBLICAÇÃO (CIP)
ANGÉLICA ILACQUA – CRB-8/7057

Vyasa

Bhagavad Gita / Vyasa Dvaipayana ; tradução de Huberto Rohden ; prefácio e comentários de Sri Prem Baba. -- São Paulo : Maquinaria Sankto Editora e Distribuidora Ltda, 2025.

144 p.

ISBN 978-85-94484-74-1

1. Hinduísmo – Livros sagrados 2. Filosofia hindu I. Título II. Rohden, Huberto III. Baba, Prem

25-1328 CDD 294.5924

ÍNDICE PARA CATÁLOGO SISTEMÁTICO:

1. Hinduísmo – Livros sagrados

mqnr
versia

Rua Pedro de Toledo, 129 – Sala 104
Vila Clementino – São Paulo – SP, CEP: 04039-030
www.mqnr.com.br/versia

VYASA DVAIPAYANA

Bhagavad Gita

TRADUÇÃO DE HUBERTO ROHDEN

versia

Sumário

Nota da tradução*

A substituição da tradicional palavra latina *crear* pelo neologismo moderno *criar* é aceitável em nível de cultura primária, porque favorece a alfabetização e dispensa esforço mental – mas não é aceitável em nível de cultura superior, já que deturpa o pensamento.

Crear é a manifestação da Essência em forma de existência; *criar* é a transição de uma existência para outra existência.

O Poder Infinito é o *creador* do Universo; um fazendeiro é *criador* de gado.

Há entre os homens gênios *creadores*, embora não sejam talvez *criadores*.

A conhecida lei de Lavoisier diz que "na natureza nada se crea e nada se aniquila, tudo se transforma", mas, se escrevermos, "nada se *cria*", ela resulta em algo totalmente falso.

Assim, preferimos a verdade e a clareza do pensamento a quaisquer convenções acadêmicas.

---

* Huberto Rohden foi um filósofo, educador e teólogo brasileiro. Traduziu livros como O Novo Testamento, Tao-Te King e escreveu obras de interpretação do pensamento espírita.

Prefácio à Bhagavad Gita

Por Sri Prem Baba

É com profunda reverência e gratidão que apresento esta edição especial da Bhagavad Gita, uma joia inestimável da sabedoria espiritual e filosófica da humanidade. A Gita, como é carinhosamente chamada, transcende ser apenas um texto sagrado do hinduísmo, emergindo como um manual essencial para todos em busca da verdade e da realização espiritual.

No coração do épico Mahabharata, escritura onde a Bhagavad Gita está inserida, está uma compilação da sabedoria universal, narrando não só a história da Índia, mas refletindo a jornada da humanidade. "Se não está no Mahabharata, simplesmente não existe", diz-se sobre a amplitude deste épico. Este texto sagrado narra o diálogo transcendental entre Krishna, como mestre e guru, e o guerreiro Arjuna, no papel de discípulo, no campo de batalha de Kurukshetra.

A história do Mahabharata, que serve de pano de fundo para a Bhagavad Gita, é uma narrativa épica de conflito e dharma (dever ético). Este é um conflito que transcende o tempo e o espaço, refletindo as eternas batalhas internas entre o espírito e a matéria, o sagrado e o profano.

Para contextualizar onde acontece o diálogo entre Sri Krishna e Arjuna, faço um breve resumo dos motivos da grande batalha. Dhritarashtra, por ter nascido cego, não podia seguir na sucessão ao trono, que foi então concedido a seu irmão Pandu. Após a morte prematura de Pandu, Dhritarashtra assumiu o trono como regente, até que seus sobrinhos, os Pândavas, atingissem a maioridade. No entanto, liderados por Duryodhana, os filhos de Dhritarashtra, os Kurus, não estavam dispostos a ceder o poder facilmente. Movidos por inveja e despeito, tramaram contra a vida dos Pândavas, que, protegidos por sua divindade e virtude, sobreviveram a todas as tentativas.

Os Pândavas, em busca de paz e dispostos a evitar o conflito, chegaram a oferecer dividir o reino, mas os Kurus recusaram, precipitando uma guerra inevitável e fratricida no campo de Kurukshetra. Foi nesse cenário de iminente batalha que o maior dos arqueiros, Arjuna, confrontado com a perspectiva de lutar contra seus próprios parentes e mestres, se vê paralisado pela dúvida e pelo desespero.

É aqui que Krishna, na forma de cocheiro e conselheiro espiritual de Arjuna, intervém. A Gita desdobra-se como um diálogo entre Krishna e Arjuna, com Krishna expondo ensinamentos profundos sobre a vida, a morte, o dever e a espiritualidade, orientando Arjuna a cumprir seu dharma sem apego aos resultados, agindo em nome do bem maior.

Neste campo de batalha, onde conchas e trombetas ressoam anunciando o início do conflito, Arjuna expressa sua relutância em lutar. As palavras de Krishna não são apenas para Arjuna, mas para todos nós, servindo como um guia eterno para enfrentar os dilemas morais e espirituais da vida. Krishna enfatiza a importância da ação justa, livre de egoísmo e apego, uma mensagem que ressoa como um chamado à ação justa e consciente em todas as eras.

Assim começa a Gita, com Dhritarashtra, através dos olhos espirituais de Sanjaya, inquirindo sobre o desenrolar da batalha, simbolizando a busca pela visão clara da verdade que todos nós empreendemos.

A Gita, então, não é apenas um texto sagrado, mas uma conversa eterna sobre a essência do ser e do agir no mundo.

Antes de nos aprofundarmos nesta transmissão sagrada, convido você a um momento de introspecção. Imagine-se no lugar de Arjuna, confrontado com um grande dilema que é mais do que um conflito externo; é uma batalha interna intensa entre o que deve ser feito e as resistências do seu ego humano. Essa guerra interior é vivida por todos nós, em nossa evolução neste plano da existência, enfrentando diariamente nossas lutas entre o dever e o desejo, o espiritual e o material.

Krishna oferece mais do que simples respostas: ele destaca um caminho para compreender e superar nossas contradições internas, um caminho para a plenitude. Ele não se limita a filosofias; age como um guia para Arjuna e, por extensão, para todos nós, iluminando o caminho da retidão e o poder da ação consciente.

Convido você a assumir o papel de Arjuna, trazendo suas próprias lutas, dúvidas e buscas para esta leitura. Permita-se ouvir Krishna como seu próprio mestre interior, capaz de guiar você através dos campos de batalha da vida para um estado de maior clareza e paz.

A Bhagavad Gita, em suas múltiplas dimensões — histórica, mítica e espiritual — reflete um espelho da jornada humana em busca de autocompreensão e realização. Ao mergulhar nesta leitura, você pode descobrir chaves para desbloquear aspectos elevados de si mesmo, respondendo não só a dilemas pessoais, mas também às grandes questões da existência.

Ao se aproximar da Bhagavad Gita, faça-o com reverência, mente e coração abertos, pronto para receber e integrar ensinamentos que transcendem o tempo e as culturas. Esta leitura é um convite para dialogar com o divino, uma oportunidade de transformar conhecimento ancestral em sabedoria pessoal aplicável à vida contemporânea.

Não tenho a pretensão de fazer uma análise profunda sobre esse tesouro da Verdade que é a Bhagavad Gita, algo que já foi feito com maestria por diferentes estudiosos ao longo dos séculos. Quero com os meus comentários a cada capítulo aproximar você da mensagem que se encontra nas palavras da Gita, para que você consiga compreender que a voz de Krishna é a voz da Verdade no seu coração e que isso pode ser de grande auxílio na sua vida.

Que a verdadeira batalha interna, o conflito entre suas aspirações mais elevadas e suas tendências inferiores, seja iluminada por este texto. Ao longo dos séculos, a Gita foi comentada e estudada por inúmeros sábios, cada interpretação revelando camadas adicionais de significado, mantendo a Gita viva e relevante. Esta edição busca manter a essência desses ensinamentos sagrados acessíveis a todos, independentemente do caminho ou tradição espiritual.

A jornada de Arjuna é também uma jornada de descoberta e aceitação de seu próprio dharma, ou propósito de vida. De forma semelhante, no meu livro "Propósito – a coragem de ser quem somos", exploro a ideia de que cada um de nós nasce com uma missão única, um chamado que deve ser ouvido e atendido com coração e coragem. Krishna ensina a Arjuna que cumprir seu dharma é essencial, não apenas para a ordem do mundo, mas para a realização pessoal e espiritual. Este ensinamento ressoa profundamente em todos nós hoje, lembrando-nos de que o alinhamento com nosso propósito verdadeiro não é apenas uma busca pessoal, mas um ato de profunda responsabilidade espiritual e social.

Ao longo da Gita, Krishna guia Arjuna através das complexidades do campo de batalha, que é tanto literal quanto metafórico, servindo como um poderoso símbolo para as lutas internas que enfrentamos ao tentar viver de acordo com nossos princípios mais elevados. Através deste diálogo divino, somos encorajados a refletir sobre o que realmente importa em nossas vidas e a reavaliar nossas ações, pensamentos e motivações. A mensagem é clara: conhecer e viver de acordo com nosso propósito não é um luxo, mas uma necessidade essencial para a autêntica realização espiritual. Assim como Arjuna, somos chamados a descobrir e honrar nosso papel único no grande drama da vida, transformando cada desafio em uma oportunidade para crescer e servir ao todo maior.

Mergulhe neste diálogo divino entre Krishna e Arjuna, uma fonte perene de sabedoria. Que este estudo seja um meio para o autoconhecimento, a transformação interior e a conquista da paz suprema que é nosso verdadeiro estado natural.

Que os ensinamentos da Bhagavad Gita inspirem você a realizar seu propósito, seu dharma, com coragem e amor, encontrando a liberdade que transcende todas as limitações. Que este texto ilumine seus caminhos e inspire a encontrar sua própria sublime canção interior, aquela que ressoa com a verdade, o amor e a paz eternas.

Receba meu amor.

Namastê.

Sri Prem Baba

A Bhagavad Gita na vida de homens célebres que influenciaram o modo de pensar da humanidade

Com a finalidade de informar mais completamente nossos leitores, selecionamos e comentamos, algumas das muitas e indiscutíveis apreciações que, através dos tempos, têm sido emitidas, por homens célebres, sobre a glória e o incomparável valor da mensagem contida neste livro de autoconhecimento e autorrealização.

Mahatma Gandhi

Em sua famosa autobiografia, *Minha Vida e Minhas Experiências com a Verdade*, Mahatma conta que foi este livro que lhe deu forças para realizar a sua gigantesca obra de libertação da Índia, sem derramamento de sangue, fato inédito na história da humanidade. Bastaria esse fato singular para agraciar com um prestígio divino um livro capaz de inspirar tamanha força à fragilidade humana. Ainda criança, sobre os joelhos da mãe, o pequeno Gandhi ouvia a leitura e explicação da *Gita*, que mais tarde, pela vida inteira, foi sua permanente inspiração.

Aldous Huxley

O autor da obra-prima da literatura moderna, *Admirável Mundo Novo* – uma utopia na qual a fé no progresso científico e materialista é cruelmente ridicularizada –, coloca a *Gita* entre os mais ricos e esclarecedores compêndios de "filosofia perene" jamais compilados. E enfatiza que o valor permanente dessa epopeia milenar tem influenciado, não somente o povo da Índia, como toda a humanidade.

Arthur Schopenhauer

O grande filósofo germânico, difundidor do pensamento Oriental no Ocidente, afirma que foi este pequeno livro que lhe deu forças durante a vida, e seria ele que lhe daria conforto na morte.

Willhelm von Humboldt

O célebre cientista alemão Willhelm von Humboldt, agradece a Deus por tê-lo deixado viver tempo bastante para conhecer a "Sublime Canção".

Henry Thoreau

O grande cultor da natureza, o transcendentalista de *Walden*, referencia a *Gita*, com estas palavras: "Diariamente, pela manhã, banho meu intelecto na estupenda e cosmogônica filosofia da *Bhagavad Gita*, em vista da qual o mundo moderno e sua literatura tornaram-se triviais e insignificantes".

Graf Hermann Keyserling

O exímio filósofo dos últimos tempos, Graf Hermann Keyserling, que viveu por um tempo na Índia, opina que "a *Gita* é, também, a mais bela obra da literatura mundial".

Goethe

O inspirado poeta, autor de *Fausto*, lia, em êxtase, a *Gita* e a considerava “a mais Sublime Canção da religião dinâmica”.

Ralph Waldo Emerson

O grande pensador e místico norte-americano celebrou entusiasticamente a sublimidade deste poema de autorrealização, que remonta ao tempo dos Vedas, cerca de 5.000 a.C.: “Bhagavad Gita, o livro número um; é como se nos tivesse falando não o pequeno e acanhado, mas sim um grandioso, sereno e consistente império; a voz de uma antiga inteligência que em outra época e clima ponderou e solucionou esses mesmos problemas que nos afligem”.

A.C. Bhaktivedanta Swami Prabhupada

O fundador da Acarya Internacional para a Consciência de Krishna, profundo conhecedor da sabedoria antiga proveniente da Índia, diz as seguintes palavras sobre a Gita: “Na presente era, a humanidade está tão absorta em atividades mundanas, que não é possível ler todas as literaturas védicas. Mas isto não é necessário; este único livro, a Bhagavad Gita, será suficiente, porque ela é a essência de todas as literaturas védicas e porque é falado pela Suprema individualidade de Deus. A Gita é o verdadeiro néctar da Mahabharata”.

1

Ignorância e Sofrimento de Arjuna

Sri Prem Baba: A beleza da Bhagavad Gita está na universalidade do sentimento que Arjuna experimenta diante das dificuldades da vida. Neste momento, ele está frente a um grande desafio, e o medo o paralisa. Quantas vezes você também não se viu assim? Perante situações que pareciam impossíveis de solucionar, sentindo o peso de uma decisão e a vontade de desistir?

Arjuna, um guerreiro cujo propósito é proteger seu reino, sente-se perdido. Ele está a ponto de abandonar a batalha, encontrando justificativas para desistir de seu dharma — seu dever sagrado e propósito de vida. Enredado em lamentações, seu coração está confuso, sua visão obscurecida pelo medo e pela dor. E, assim como ele, todos nós enfrentamos momentos em que nosso ego nos conduz à dúvida, nos afastando da clareza e da força interior.

Esse momento de hesitação é um reflexo do conflito interno que todos nós enfrentamos: a luta entre o que sabemos ser nosso dever mais elevado e os desejos ou temores que nos desviam do caminho. Arjuna vê diante de si não apenas um campo de batalha, mas rostos conhecidos e amados — familiares, mestres e amigos em ambos os lados da guerra. Ele percebe que qualquer resultado será acompanhado de sofrimento e perda, e isso o faz questionar a própria essência de seu dever.

Aqui, a Bhagavad Gita nos convida a refletir sobre o papel do medo em nossas vidas. O medo, que é uma das matrizes do nosso eu inferior, é uma força poderosa que nos impede de avançar. Ele nos prende em dúvidas, inseguranças e na ilusão de separação, distorcendo nossa percepção da realidade e nos afastando de nossa verdadeira natureza divina. Para Arjuna, o medo de perder seus entes queridos e de causar dor o paralisa; para nós, o medo pode assumir inúmeras formas, mas o efeito é o mesmo: nos distancia do nosso propósito e da coragem de agir com integridade.

Krishna, o mestre de Arjuna, mostrará que essa batalha externa é, na verdade, uma batalha interna. O verdadeiro combate é contra a ignorância de quem realmente somos e contra as limitações impostas pelo ego. É preciso encarar as sombras internas, reconhecer os medos e as dúvidas, e, acima de tudo, transcendê-los. Essa transcendência só é possível através do autoconhecimento, da prática espiritual e da entrega à sabedoria divina.

O caminho da superação exige coragem. É preciso estar disposto a enfrentar os próprios medos, abrir mão de algumas certezas do mundo material e, às vezes, atravessar o desconforto e a dor. Mas é justamente nessa entrega que encontramos a força para agir em alinhamento com nosso propósito divino, mesmo quando as circunstâncias parecem adversas.

Este primeiro capítulo da Bhagavad Gita não é apenas a introdução de uma narrativa épica; é um convite para todos nós. Ele nos chama a iniciar nossa própria jornada espiritual, a reconhecer os momentos em que estamos paralisados pelo medo, e a buscar, no plano Superior, a orientação e a força para seguir adiante. Assim como Krishna guia Arjuna, somos convidados a ouvir a voz de Deus em nossos corações — uma voz que nos lembra que somos capazes de enfrentar qualquer batalha quando estamos ancorados na verdade e no amor.

A vida sempre nos apresenta desafios, mas esses desafios são oportunidades de aprendizado e crescimento. E cada passo dado em direção à coragem e à consciência é um passo rumo à realização do nosso propósito mais elevado. Que possamos, como Arjuna, enfrentar nossas batalhas com o coração aberto, guiados pela luz da consciência superior e pela certeza de que, além do medo, está a verdade do nosso ser.

***

Fala Krishna: [1]Eis aí reunidos os parentes dos Kurus!

Fala Sanjaya (o historiador):

Então viu Arjuna nos dois exércitos, homens ligados a ele pelos vínculos de sangue: pais, avós, mestres, primos, filhos, netos, sogros, colegas e outros amigos – todos armados em guerra contra ele.

Com o coração dilacerado de dor e profundamente condoído, assim falou ele:

Fala Arjuna: Ó Krishna! Ao reconhecer como meus parentes todos esses homens que devo matar, sinto os meus membros paralisados, a língua ressequida no paladar, o coração a tremer e os cabelos

1 O tradutor optou por começar a tradução a partir do verso 25. Antes dessa parte, há o diálogo entre Dhritarashtra e Sanjaya, quando esse último apresenta a composição do campo de batalha, destacando os guerreiros que estão em cada lado.

eriçados na cabeça... Falha a força do meu braço... Cai-me por terra o arco que tendera...

Mal me tenho em pé... Ardem-me em febre os membros... Confusos estão os meus pensamentos... A própria vida parece fugir de mim...

Nada enxergo diante de mim senão dores e ais... Que bem resultaria daí, ó Keshava[2], se eu trucidasse meus parentes?

Não, Krishna, não quero vencer. Não quero, deste modo, conquistar soberania e glória, riqueza e prazer...

Ó Govinda[3], como poderia semelhante vitória dar-me satisfação? Como me compensariam esses espólios da perda que sofreria? E que gozo teria ainda a minha vida, se a possuísse pelo preço do sangue dos únicos que me são caros, e sem os quais a vida me seria sem valor?

Avós, pais e filhos, aqui os vejo. Mestres, amigos, cunhados, parentes – não, não os quero matar, ó Senhor dos mundos! Nem que eles anseiem por derramar o meu sangue.

Não os matarei, Madhusudana[4], ainda que com isto lograsse domínios sobre os três mundos; menos ainda me seduz a posse da terra.

Dores somente me caberiam por semelhante mortandade.

Mesmo que os filhos dos Dhritarashtras sejam pecadores, sobre nossa cabeça recairia a culpa, se os matássemos. Não, não é lícito matá-los. E como poderíamos ser felizes, sem os nossos parentes, ó Madhava[5]?

E se eles, obcecados de cobiça e cólera, não veem pecado na rebeldia e no sangue derramado,

---

2 apelido de Krishna (traduz-se "de linda cabeleira").

3 id. (traduz-se "dono da vaca").

4 id.

5 id.

Como poderíamos nós fazer o mesmo, ó Santo? Nós que vemos pecado em matarmos nossos parentes?

Quando uma tribo se corrompe, perece a piedade, e com ela perece o povo – a impiedade é contagiosa!

Corrompe-se a mulher, mesclando o puro com o impuro[6], e abre-se o inferno ao destruído e ao destruidor

Até as divindades[7], privadas dos sacrifícios, tombam dos céus.

E essa mescla de puros com impuros produz a ruína das famílias.

E o destino do destruidor é o inferno, consoante as escrituras.

Ai, que desgraça seria se trucidássemos nossos parentes, levados pela ambição do poder!

Bem melhor seria se nos rendêssemos aos inimigos armados e nos deixássemos matar na luta, sem armas nem defesa.

***

Assim dizendo, em pleno campo de batalha, Arjuna deixou-se tombar no assento da carruagem, e das mãos lhe caíram o arco e flechas, porque trazia o coração repleto de amargura.

---

6 Literalmente "castas (puras) com castas (impuras)".

7 Literalmente "ancestrais", que eram divinizados.

2
Revelação da Verdade

Sri Prem Baba: O segundo capítulo da Bhagavad Gita dá início aos ensinamentos transformadores de Sri Krishna. Aqui, o que vemos é uma verdadeira maestria espiritual: Krishna, com compaixão infinita, começa a retirar Arjuna das sombras da ignorância, guiando-o com sabedoria por meio das filosofias do Sankhya e do Yoga.

Arjuna, ainda tomado pelo sofrimento e pela confusão, está preso à identificação com o ego e o eu inferior. Ele enxerga a vida a partir das lentes do apego e do medo. Essa identificação com o ego é a raiz de sua dor, pois o ego está sempre atrelado às ilusões do mundo material e às dualidades da existência – prazer e dor, ganho e perda, vida e morte.

É nesse cenário que Krishna começa a ensinar sobre a verdadeira natureza do Atma – o eu eterno, imutável e divino. Krishna vai guiando Arjuna para sair do nível do ego para o nível da Alma. Ele explica que o Atma não nasce nem morre, que não é afetado pelas mudanças do mundo material, e que permanece além do tempo e do espaço. Ao lembrar Arjuna de que ele não é apenas esse corpo ou mente transitórios, mas sim uma expressão do eterno, Krishna convida Arjuna a se conectar com o plano superior.

Krishna, com habilidade divina, usa as lamentações humanas de Arjuna como ponto de partida para ensiná-lo verdades universais. Primeiro, ele confronta a ignorância de Arjuna, que se manifesta na sua identificação com os papéis e circunstâncias terrenas. Krishna, então, utiliza a filosofia do Sankhya para revelar a distinção entre o real (eterno) e o irreal (transitório). Ele mostra que o sofrimento surge quando nos apegamos àquilo que é passageiro, esquecendo a essência eterna que habita em nós.

Mas Krishna não se limita à teoria; ele também apresenta o Yoga como o caminho para a prática. Ele introduz a ideia do Karma Yoga, o caminho da ação desapegada, no qual Arjuna deve agir de acordo com seu dharma, sem se preocupar com os frutos de suas ações. Krishna o ensina a equilibrar sua mente e coração, a transcender as dualidades e a encontrar paz no serviço desinteressado.

Esse capítulo é um chamado poderoso para todos nós. Assim como Arjuna, frequentemente nos encontramos presos às limitações do ego, acreditando que somos nossos papéis, nossas posses ou nossas histórias. Mas Krishna nos lembra de que, quando nos identificamos com o Atma – nossa essência divina – encontramos a liberdade. Essa identificação com o plano superior dissolve os medos e as ilusões do eu inferior, permitindo que a verdadeira paz floresça dentro de nós.

O sofrimento é o chamado para a transformação. E a transformação começa quando você reconhece que é mais do que pensa ser. Você é eterno. Você é o Atma. No meio desse desânimo de Arjuna, o ego humano, aparece Krishna, o Eu divino do homem, e lhe dá ordem para derrotar os usurpadores do seu trono e Reino.

***

Fala Sanjaya: A ele, que estava repleto de amargura e com os olhos cheios de lágrimas, dirigiu-se Madhusudana e os consolou com as seguintes palavras:

Fala Krishna: Neste momento decisivo, ó Arjuna, por que te entregas a semelhante desânimo, indigno de um Ariano[8] e que te fecha os céus?

Não cedas à fraqueza, que de nada serve. Enche-te de coragem contra teus inimigos e sê o que realmente és![9]

Fala Arjuna: Mas, como posso lutar, ó Madhusudana, e lançar flechas contra Bhisma e Drohna[10], sendo que ambos merecem a minha reverência e simpatia?

Bem melhor seria comer pão mendigado neste mundo do que trucidar esses grandes chefes. E, se os matasse, manchado de sangue, que seriam toda a minha riqueza e os prazeres da terra?

Melhor seria sucumbir às mãos deles, donde deriva gozo e felicidade, do que matá-los, a esses, sem os quais não teria fim o vácuo da minha vida.

Com a alma repleta de temor e compaixão, eu te suplico, Senhor, faze-me saber qual o caminho certo. Eu, teu discípulo, me refugio a ti para saber o que devo fazer e deixar de fazer.

De que me serviria um reino próspero, se não me libertar de culpa? De que me serve possuir o mundo, se os que amo não mais existem?

---

8 Ariano (ou Ário) – nobre, valente.

9 Krishna, o homem cósmico, tenta convencer Arjuna, o homem terrestre, a ser explicitamente o que ele é implicitamente, a atualizar as suas potencialidades latentes, a despertar em si o "Eu divino", "reino de Deus", como diria o Cristo.

10 Bhisma e Drohna – chefes dos dois exércitos adversos, simbolizando as principais forças do ego humano em luta contra o Eu divino no homem.

Fala Sanjaya: Assim falava Arjuna ao Senhor dos corações. "Não, não quero lutar!", suspirou – e calou-se.

Krishna, porém, sorrindo benevolamente, ali mesmo, em face dos dois exércitos, assim falou desanimado:

Fala Krishna: Andas triste por algo que não merece tristeza – e tuas palavras carecem de sabedoria. O sábio, porém, não se entristece com nada, nem por causa dos mortos nem por causa dos vivos.

Nunca houve tempo em que eu não existisse, nem tu, nem algum desses príncipes – nem jamais haverá tempo em que algum de nós deixe de existir em seu Ser real.[11]

O verdadeiro Ser vive para sempre. Assim como a alma incorporada experimenta infância, maturidade e velhice dentro do mesmo corpo, assim passa também de corpo a corpo – os iluminados sabem disso e não se entristecem.

Quando os sentidos estão identificados com objetos sensórios, experimentam sensações de calor e de frio, de prazer e de sofrimento – estas coisas vêm e vão; são temporárias por sua própria natureza. Suporta-as com paciência!

Mas quem permanece sereno e imperturbável no meio de prazer e sofrimento, somente esse é que atinge imortalidade.

O que é irreal não existe, e o que é real nunca deixa de existir. Os videntes da Verdade compreendem a íntima natureza tanto disto como daquilo, a diferença entre o Ser e o parecer.

---

11 Com estas e as seguintes palavras, Krishna procura mostrar a Arjuna que a destruição física do nosso corpo material não equivale à destruição metafísica do corpo imaterial, isto é, da individualidade. E como o mal não está no fato objetivo da morte física, mas sim na realidade metafísica da nossa alma.

Compreende como certo, ó Arjuna, que indestrutível é aquilo que permeia o Universo todo; ninguém pode destruir o que é imperecível, a Realidade.

Perecíveis são os corpos, esses templos do espírito – eterna, indestrutível, infinita é a alma que neles habita. Por isto, ó Arjuna, luta!

Quem pensa que é a alma, o Eu, que mata, ou o Eu que morre, não conhece a Verdade. O Eu não pode matar nem morrer.

O Eu nunca nasceu nem jamais morrerá. E, uma vez que existe, nunca deixará de existir. Sem nascimento, sem morte, imutável, eterno – sempre ele mesmo é o Eu, a alma. Não é destruído com a destruição do corpo (material).

Quem sabe que a alma de tudo é indestrutível e eterna, sem nascimento nem morte, sabe que a essência não pode morrer, ainda que as formas pereçam.

Assim como o homem se despoja de uma roupa gasta e veste roupa nova, assim também a alma incorporada se despoja de corpos gastos e veste corpos novos.[12]

Armas não ferem o Eu, fogo não o queima, águas não o molham, ventos não o ressecam.

O Eu não pode ser ferido nem queimado; não pode ser molhado nem ressecado – ele é imortal; não se move nem é movido, e permeia todas as coisas – o Eu é eterno.

---

12 Krishna não afirma que o homem torna a vestir o mesmo corpo velho, material, mas sim que veste um corpo novo, imaterial, como já escrevia São Paulo aos cristãos de Corinto: "Se há corpo material, há também corpo espiritual; pois nem todos os corpos são da mesma natureza. Importa que este corpo corruptível revista a incorruptibilidade, e que este corpo mortal revista a imortalidade".

Para além dos sentidos, para além da mente, para além dos efeitos da dualidade habita o Eu. Pelo que, sabendo que tal é o Eu, por que te entregas à tristeza, ó Arjuna?

Se o ego está sujeito às adversidades de nascer e morrer, nem por isto deves entristecer-te, ó Arjuna.

Inevitável é a morte para os que nascem; todo o morrer é um nascer – pelo que, não deves entristecer-te por causa do inevitável.

Imanifesto é o princípio dos seres; manifesto o seu estado intermediário; e imanifesto também é o seu estado final. Por isto, ó Arjuna, que motivo há para tristeza?

Alguns conhecem o Eu como glorioso; alguns falam dele como glorioso; outros ouvem falar dele como glorioso; e outros, embora ouçam, nada compreendem.

Eterno e indestrutível é o Eu, que está sempre presente em cada ser. Por isto, ó Arjuna, não te entristeças com coisa alguma.

Ademais, visando o teu próprio dever, não vaciles, porquanto, para um príncipe da classe dos guerreiros, nada é superior a uma guerra justa.[13]

De fato, felizes são os guerreiros chamados a lutar numa batalha dessa natureza, que lhes vem espontaneamente como uma porta aberta para os céus.

---

13 O que Krishna entende por "guerra justa"? Evidentemente, aquela que não é travada em nome do ego, que age impelida por ódio, mas em nome do Eu espiritual, que age por amor a uma causa espiritual, sagrada; pois o mal da guerra não está na zona objetiva, externa, mas sim na zona subjetiva, interna. O perigo está em que o ego, hábil e perverso político, facilmente declare "justa" qualquer guerra travada em nome do ódio, camuflado de dever. Quando Jesus expulsou os vendilhões do templo, não agiu em nome do ego profano, mas do Eu sagrado. Mas, onde estão os homens crísticos que agem de tal modo?... Uma guerra justa é a superação do ego pelo Eu.

Mas, se não combateres esse bom combate, estarás em pecado, pelo fato de abandonares o teu dever e a tua honra.

E os homens falarão de tua indelével desonra – e pior que a morte é, certamente, a desonra.

E os grandes chefes de guerra pensarão que fugiste do campo de batalha por covardia; e os que te dedicavam elevada estima te desprezarão.

E os teus inimigos falarão mal da tua bravura – e que coisa poderia haver pior do que esta?

Se fores morto na batalha, entrarás nos céus; se fores vencedor, gozarás a terra. Assim, Arjuna, tem coragem e resolve lutar!

Aceitando prazer e sofrimento, ganho e perda, vitória e derrotas, com a mesma serenidade de espírito, entra na luta – e não pecarás!

***

O que aqui te expus, ó Arjuna, é a doutrina sobre o Eu e o não Eu. Agora te revelarei o caminho de yoga, em virtude de cujo conhecimento e prática, serás capaz de libertar-te da concatenação do teu próprio destino (karma).[14]

---

14 Até este ponto, Krishna expôs a seu discípulo a doutrina dualista de *Sankhya*, e que, a partir daqui, explica a grandiosa verdade monista da yoga, isto é da "união" do finito com o Infinito, em virtude da qual pode o homem, pecador pelo seu ego humano, realizar a sua redenção pelo seu Eu divino. Pecado e redenção, Satã e Cristo, estão potencialmente, dentro de toda a criatura humana. Perdição e redenção não vêm de fora do homem, mas são a evolução da sua própria natureza, dessa misteriosa dicotomia do ego-Eu. Essa entrada no *nirvana* do Cristo interno liberta o homem do karma do seu Lúcifer interno, como faz ver o Nazareno, no "Sermão da Montanha", carta-magna de autorredenção.

Na prática de yoga, nenhuma atividade resulta em perda, nem é possível um desvio nesse caminho; qualquer progresso, na yoga, por menor que seja, liberta o homem da abominável rotina de nascer e morrer (*sansara*).

Pela prática de yoga, a mente torna-se unipolarizada e calma, ao passo que a mente pluripolarizada se ramifica em pensamentos dispersivos sem fim.

Homens sem sabedoria deliciam-se na análise de simples letra dos Vedas[15], declarando que nada há para além do texto. Os que estão cheios de desejos egoístas consideram o céu como meta final, detendo-se excessivamente a complicados rituais e cerimônias multiformes, com o fim de conseguirem poder e prazer em encarnações futuras. Todos os que visam poder e prazer têm da Verdade uma visão imperfeita, desorientados como estão no seu critério. Não acertaram com a senda da sabedoria. Perderam o caminho reto do seu destino. Não atingiram a experiência espiritual.

Os Vedas tratam dos três atributos[16] da Natureza. Tu, porém, Arjuna, remonta para além desses pares de opostos e estabelece-te firmemente na Verdade; não te apegues a unicamente na Verdade; não te apegues a lucros nem posses materiais; firma-te no Eu – e certamente

---

15 Vedas – isto é, visão, conhecimento – é a Bíblia do Oriente, da qual faz parte a Mahabharata, que poderíamos considerar como o paralelo ao "Novo Testamento", cujo coração é o Evangelho, comparável à *Bhagavad Gita*. O que Krishna expõe a Arjuna sobre a letra e o espírito dos Vedas é um paralelo às palavras do apóstolo Paulo: "A letra mata, o espírito é que dá vida". Aos chefes da sinagoga, que só conheciam o texto bíblico, mas não o seu espírito, diz Jesus: "Guias cegos guiando outros cegos! Vós roubastes a chave do conhecimento (em grego *gnosis*, em sânscrito vedas) do reino de Deus; vós mesmos não entrais, nem permitis que entrem os que desejariam entrar".

16 As "gunas", explicadas num dos capítulos finais.

encontrarás libertação deste mundo relativo e a emancipação dos seus atributos.

Para o homem que em si realizou Brahman, o Espírito Absoluto, valem tanto os livros sagrados quanto valem para um lago as torrentes em tempo de enchente, quando há água por toda a parte.

Agir é tua missão; mas não deves visar os frutos da tua atividade. Não permitas que a tua atividade seja inspirada pelo desejo dos seus frutos – mas não caias na inatividade!

Penetrado do espírito de yoga, ó príncipe, realiza os teus trabalhos e mantém-te em sereno equilíbrio, na certeza de que tanto o sucesso como o insucesso são bons. Essa serenidade interior é o yoga.

Trabalho sem a verdadeira compreensão e a consciência de Deus torna-se a causa de escravidão. Por isto, ó príncipe, guia-te pela razão pura oriunda da visão do Eu. Os que trabalham com apego aos frutos da sua atividade são deploráveis mercenários utilitaristas.

Se seguires o caminho da razão pura guiada por uma visão perfeita, alcançarás a felicidade nesta vida, ultrapassando a consciência da virtude e vício. Pelo que, segue firmemente este caminho. Yoga dá sabedoria em tudo.

Sábios dotados de perfeita sabedoria não se apegam aos frutos do seu trabalho, e com isto se libertam para sempre da escravidão do nascimento e morte e atingem o estado de beatitude absoluta.[17]

---

17 Enquanto o homem continua apegado aos frutos do seu trabalho – dinheiro, louvores, reconhecimento, gratidão, resultados objetivos de qualquer espécie, inclusive o céu como prêmio externo – prossegue ele no caminho infeliz do *sansara* do nascer, viver e morrer; mas, se se libertar desse apego e trabalhar com perfeição, entusiasmo e alegria, sem pensar nas consequências externas do trabalho, nem mesmo num céu objetivo e póstumo, então entrará na grande liberdade do nirvana, que é um glorioso e eterno viver, sem nascer nem morrer. A

Quando o teu conhecimento se libertar de qualquer ilusão, então compreenderás a verdade daquilo que ouviste e ainda ouvirás, e te possuíras a ti mesmo imperturbavelmente.

Anuviou-se a tua mente e dúvidas se apoderaram de ti, porque deste ouvidos a opiniões contraditórias; quando ela se tornar pura e iluminada e firmemente estabelecida no Eu, então atingirás a tua autorrealização.

Fala Arjuna: Explica-me, ó Mestre, quais as características de um homem que tenha atingido perfeita sabedoria por experiência espiritual absoluta (*samadhi*); como fala um homem autorrealizado? Como é que ele vive e age?

Fala Krishna: Quando o homem é perfeitamente liberto de todos os desejos do ego finito e alcançou a paz da alma pela realização do Eu divino, então é um homem de perfeita sabedoria.

Quando alguém permanece calmo e sereno no meio de sofrimentos, quando não espera receber do mundo objetivo permanente felicidade e quando é livre de apego, medo e ódio – então é ele um homem de perfeita sabedoria.

Quando não é apegado a um e indiferente a outro; enquanto não se alegra em excesso com o que é agradável, nem se entristece excessivamente com o que é desagradável – então é ele um homem de perfeita sabedoria.

Quando o *yogi* é capaz de retrair totalmente os seus sentidos dos objetos sensórios, assim como a tartaruga retrai para dentro de si os seus membros – então está firmemente estabelecido na sabedoria.

---

reencarnação física é um castigo que o homem se inflige a si mesmo por não ter se libertado plenamente da escravidão do "ter" e entrado na liberdade plena do seu "ser".

Pela prática da abstenção pode alguém amortecer os seus sentidos e torná-los insensíveis aos prazeres sensitivos; mas não se torna necessariamente insensível aos desejos dos mesmos; o desejo dos prazeres sensitivos cessa somente quando o homem entra em contato com o Espírito Supremo dentro dele.[18]

Ó Arjuna! os sentidos descontrolados arrebatam com violência a mente, até do homem sábio em demanda da perfeição, se não tiver a devida compreensão.

Por isto, o *yogi* domina os seus sentidos, dirigindo-os a mim, e assim se torna ele firmemente estabelecido em mim, o Ser Supremo. O homem que tem perfeito domínio sobre os seus sentidos é um sábio.

Quem pensa sempre em objetos sensórios apega-se a eles; desse apego nasce o prazer e o prazer gera inquietação.

A inquietação produz ilusão; a ilusão destrói a nitidez da discriminação, e, uma vez destruída a discriminação, esquece-se o homem da sua natureza espiritual – e com isto vai rumo ao abismo.

Mas o homem que possui domínio sobre o mundo dos sentidos e da mente, sem odiar nada sem se apegar a nada, orientado pelo Eu central, esse encontra a paz.

Essa paz neutraliza todas as inquietações, e o homem que goza de paz goza da verdadeira beatitude – e acaba por superar também os males externos.

---

18 Alusão à mais alta meta de **Kriya-yoga**: o completo domínio das forças vitais de *kundalini* pela compreensão espiritual. "Quem puder compreendê-lo, compreenda-o!"

Impossível a aquisição da sabedoria pela mente descontrolada; impossível a meditação para o homem inquieto! E, se o homem não encontrar a paz dentro de si, como pode ser feliz?

O homem sem domínio sobre a sua mente e seus sentidos é como um navio levado à mercê das ondas.

Homem de perfeita sabedoria é aquele que possui perfeito domínio sobre seus sentidos com relação aos objetos sensórios.

Onde, para outros, reina escuridão, lá enxerga ele claridade; e onde o profano fala em dia cheio de luz, lá o vidente espiritual não vê senão a noite tenebrosa da ignorância.

Todos os rios desaguam no oceano, mas o oceano não transborda e em suas profundezas reina imperturbável tranquilidade – assim é o homem iluminado pelo conhecimento de si mesmo: de todas as partes o invadem as impressões dos sentidos – e submergem todas no seu Eu imóvel e imperturbável.

Livre de todos os desejos, é o homem senhor, e não servo dos prazeres; livre de propriedade, une-se ele com o Todo e encontra a paz verdadeira.

Isto se chama viver na consciência de Brahman[19]. Quem atingiu esse estado, nunca mais pode recair na ilusão antiga; e, vivendo nesse estado de consciência, o *yogi* alcança, finalmente, libertação absoluta, na experiência da sua união com Brahman (nirvana).

---

19 Disse Deus: "Anda na minha presença e sê perfeito!" (Bíblia). Disse Jesus: "Orai sempre, e nunca deixeis de orar". (Evangelho). "Orar sempre" é uma permanente atitude do nosso Eu verdadeiro, um estado de consciência espiritual que permeia todos os atos externos. "Eu e o Pai somos um." "O Pai está em mim, e eu estou no Pai." "Já não sou eu que vivo – o Cristo vive em mim... O meu viver é o Cristo."

3
Yoga de Ação

Sri Prem Baba: Krishna aprofunda agora seu ensinamento ao apresentar o Karma Yoga, o caminho da ação desinteressada. Este capítulo nos convida a transformar a maneira como nos relacionamos com o mundo e com as ações que realizamos, oferecendo uma visão libertadora: este mundo é karma, e para nos libertarmos dele, precisamos transcender o apego aos frutos da ação.

Krishna explica a Arjuna que, no plano terreno, a ação é inevitável. Viver neste mundo significa agir. Não há como fugir dessa realidade, pois até mesmo evitar a ação é, em si, uma escolha ativa. No entanto, o que escraviza não é a ação em si, mas o apego aos resultados. Quando agimos buscando reconhecimento, sucesso ou recompensa, nos tornamos prisioneiros do ciclo de prazer e dor, ganho e perda. Krishna ensina que, para alcançar a liberdade, é necessário agir sem desejo pelos frutos, sejam eles positivos ou negativos.

Esse ensinamento nos leva a encarar um dos maiores desafios da nossa existência: o ego e sua necessidade de autoria. O ego deseja ser o protagonista de nossas ações. Ele quer realizar, controlar, ser admirado e receber reconhecimento. Ele se apega à ideia de que "eu sou o agente", criando uma ilusão de separação entre o indivíduo e o Todo. Essa identificação com o ego nos prende à dualidade do mundo material e nos afasta da consciência superior.

Krishna, no entanto, oferece uma inspiração poderosa: viver uma vida em que a ação se torne uma oração entregue ao altar do

Supremo. Ele nos convida a abandonar a autoria do ego e agir como um instrumento do Divino, em sintonia com o dharma – o propósito maior que nos guia. Nesse estado de entrega, cada ação deixa de ser uma busca por algo externo e se transforma em um ato de devoção.

O Karma Yoga, assim, não é sobre evitar a ação, mas sobre purificá-la. Trata-se de agir com plena consciência, sem apego, oferecendo cada gesto, cada esforço, ao Supremo. Isso não significa renunciar à responsabilidade; ao contrário, significa assumir nossos deveres com amor e entrega, sabendo que o verdadeiro propósito não está no resultado, mas na ação em si, feita com integridade e alinhamento espiritual.

Krishna também nos alerta sobre o impacto que nossas ações têm no mundo. Ele explica que, ao agir sem apego, inspiramos os outros a fazerem o mesmo. Assim, o Karma Yoga não é apenas um caminho de libertação individual, mas também uma forma de contribuir para a harmonia coletiva.

Este capítulo nos convida a refletir sobre como vivemos nossas vidas. Será que estamos agindo para satisfazer o ego ou para servir ao Divino? A verdadeira liberdade surge quando entregamos nossas ações ao Supremo, reconhecendo que não somos os autores, mas instrumentos do Amor que move o universo.

Krishna nos ensina que, ao renunciar ao apego aos frutos, encontramos a paz. Ele nos lembra que a verdadeira realização não está no que conquistamos, mas na conexão profunda com o propósito divino que permeia tudo. Assim, cada ato de nossa vida pode se tornar uma oferenda, uma oração silenciosa que ecoa no altar do coração.

Aja, mas não se apegue. Faça do seu trabalho um serviço ao Supremo e descubra que a verdadeira liberdade não está no resultado, mas na entrega.

***

Disse Arjuna a Krishna: Ó Senhor Bendito! Se é verdade que mais vale a sabedoria do que a ação, por que me convidas para me envolver nessa luta horrível?

As tuas palavras contraditórias, encheram-me de confusão a mente. Pelo que, dize-me claramente: qual dos dois caminhos é melhor para mim?

Responde Krishna a Arjuna: Já te disse, ó príncipe: dois caminhos de libertação se abrem diante de ti: o caminho da sabedoria, para os que estão dispostos para meditar; e o caminho da ação, para os que preferem agir sem apego.

Entretanto, esses dois caminhos são um só: ninguém se liberta da escravidão do seu agir pelo fato de não agir – e ninguém atinge a perfeição interior só por desistir da atividade externa.

Ninguém pode existir sem agir; a própria natureza o compele a agir, mesmo sem querer; pensar também é agir, no mundo mental.

Quem é externamente inativo, mas cede a desejos internos, esse ilude a si mesmo.

Mas aquele que, pelo poder do espírito, alcançou perfeito domínio sobre seus sentidos e realiza todos os atos externos, ficando internamente desapegado deles, esse homem possui sabedoria.

Cumpre, pois, o teu dever consoante a lei! Atividade é melhor que inatividade! Até a conservação do teu corpo exige ação; não há santidade sem ação.

Toda ação que não for praticada como um ato de culto divino resulta em escravidão. Pelo que, Arjuna, seja livre do apego e pratica os teus atos como um culto divino! Sejam as tuas atividades atos de adoração!

No princípio, quando o Senhor da *creação* fez os homens e lhes infundiu o anseio da perfeição, disse-lhes: "Ide e realizai a lei do vosso interior! Multiplicai-vos e, pelo cumprimento da lei interna, tereis abundância de tudo!

Descerá sobre vós a bênção dos seres superiores, se os cultivardes; e a prosperidade que demandais vos será dada como prêmio do culto que lhes prestardes."

Aquele, porém, que goza os dons dos seres superiores e prospera com seus favores, mas retém tudo para si, sem nada restituir aos céus donde veio – esse é ingrato e ladrão.

Os sábios, libertos da sua ignorância, vivem do fruto das suas atividades espirituais. Mas os que trabalham somente por lucro pessoal procedem mal e colherão o fruto dos seus atos maus.

Tudo vive do alimento material – mas o alimento material vem do imaterial. O imaterial é produzido pela invisível essência dos atos.

A fonte dos atos é Brahman[20], o Uno que enche o Universo, e está presente em todos os atos.

---

20 Brahman (neutro) é a Divindade Universal, a Essência Absoluta; Brahma (masculino) é o Deus-creador, a Existência Relativa. Como Brahman, é Deus transcendente e

Quem não observa isto, ó Arjuna, quem recusa cumprir a ordem do mundo mediante seus atos e só visa o seu gosto pessoal, esse foge do seu destino e vive em vão.

Mas quem habita no céu do seu divino Eu, em harmonia consigo mesmo e sem desejos, esse não age mais por um dever; pois já não é ele que age, uma vez que todos os motivos pessoais deixaram de existir.

Portanto, esse homem é uno com Aquele que não é afetado pelo que acontece ou não acontece no mundo externo; nem carece de auxílio algum.

Pelo que, realiza o teu trabalho, para que aconteça o que deve acontecer, mas age sem apego nem interesse. Assim atingirás o Ser Supremo e entrarás na perfeita quietação (nirvana).

Janaka e outros heróis alcançaram perfeição por meio de obras e ajudaram a humanidade – assim age também tu por amor à humanidade.

Os outros aceitam o que o sábio lhes dá; as multidões imitam o exemplo dos mestres, sem pensarem se é bom ou mau.

Na tríplice manifestação do meu Universo, eu não sou forçado a agir; nada há que me prenda ou que eu procure possuir – e, no entanto, estou presente e ajo sem cessar em todas as coisas.

Se eu não agisse sem cessar e me retirasse das minhas manifestações, a humanidade em peso ficaria sem luz nem orientação e acabaria por se perder.

---

incognoscível pelo cognoscente finito; como Brahma é Deus imanente em qualquer creatura e, portanto, cognoscível pelo cognoscente finito. Como Brahman é Deus tanto o **Todo** como o **Nada**, ambos inatingíveis pelo conhecedor finito; somente como Brahma, o **Algo** imanente na creação, é que o conhecedor finito pode ter consciência da Divindade, embora sempre imperfeita, uma vez que "o conhecido está no cognoscente segundo o modo do cognoscente".

Se, por um só momento, eu deixasse de agir, pereceria o mundo inteiro[21], vítima do caos – e minha seria a culpa da ruína da humanidade.

Assim como o insensato se esforça por realizar os seus desejos, com apego, do mesmo modo deve o sábio esforçar-se por realizar os seus trabalhos, liberto da ilusão do ego.

Não se limite o sábio a querer iluminar os que estão apegados aos sentidos e aos atos sensoriais, instruindo-os com palavras – pratique ele mesmo atos livres de apego tendentes à realização do Eu; de certo conduzirá os ignorantes à sabedoria por meio de atos.

Todos os trabalhos e ações tem a sua origem nos três atributos da natureza; o insensato, obcecado pelo orgulho, quando realiza uma obra, pensa: “Sou eu que faço isto”, “fui eu que fiz aquilo”.

Mas aquele que conhece, na verdade, as forças que movem a natureza, governam o mundo visível e conferem aos corpos as propriedades que eles possuem por algum tempo – esse não está ligado por tais obras, embora trabalhe e as realize pessoalmente.

Quem não conhece as forças ocultas pelas quais a natureza realiza as suas obras, é ligado pelas obras da natureza; o sábio, porém, que conhece a verdade, não deve favorecer o erro dos outros.

---

21 “Deus é pura atividade” (Aristóteles). “Meu Pai age sempre, e eu também ajo” (Jesus, o Cristo). A Realidade – dizem os grandes filósofos – não é um **ser estático (Sein, To-be)**, mas um **devir dinâmico (Werden, To-become)**. Paralelamente a essa intuição espiritual, descobriu a ciência nuclear dos nossos dias que o mundo físico, que aos nossos sentidos parece ser estático e sólido, é, na realidade, um processo dinâmico e fluido; no seu livro sobre o “Campo Unificado”, afirma Einstein que a substância de todas as coisas – desde o hidrogênio até o urânio – é luz cósmica, radiação.

Tu, porém, ó Arjuna, refere a mim, a fonte do Ser, todos os teus atos! Supera todos os desejos pessoais e o egoísmo! Liberta-te de apego e de tristeza!

Os que estão repletos do meu espírito e, cheios de confiança, praticam esta doutrina, encontram redenção por meio das obras, as quais, neste caso, são obras minhas.[22]

Aquele, todavia, que, cheio de ego-complacência, desprezar a lei e a mim, que julga trabalhar muito e age sem fé nem compreensão – esse é insensato e acabará na perdição.

Age também o sábio, consoante a medida da sua sabedoria; a atividade de cada *creatura* nasce da natureza do seu ser.

Ninguém pode subtrair-se à lei que o governa. Os objetos sensórios governam os sentidos, criando amor ou ódio no coração do homem sem critério. Não permitas que algum desses dois te domine, porque são poderes que obstruem o caminho da autorrealização e da paz.

Melhor é viver segundo a consciência própria, mesmo imperfeitamente, do que guiar-se, com perfeição, pela consciência alheia; melhor é morrer no cumprimento do dever do que viver com temor à mercê de instintos inferiores.

---

22 Agir intensamente, sem ser escravo de nenhum dos seus atos – é esta a máxima sabedoria que permeia todas as páginas da *Bhagavad Gita*. O homem ocidental, geralmente, é dinamicamente ativo, e escravo da sua atividade; o oriental é inclinado a ser estaticamente passivo – nenhum dos dois se guia pela suprema sabedoria. Assim como, em geral, o cristão ocidental não se guia pela sabedoria crística do Evangelho que diz professar, de modo análogo, o místico oriental nem sempre orienta a sua vida pela mística dinâmica dos seus grandes mestres. **Atividade dinâmica** e **passividade estática** – são dois extremos do Ocidente e do Oriente – **passividade dinâmica** ou **atividade mística** seria suprema sabedoria e perfeição, que poucos alcançam. Quando surgirá sobre a face da terra esse **homem cósmico**?

Fala Arjuna: Qual o poder, Mestre, que impele o homem a cometer pecado e, contra a sua vontade, o obriga a isto?

Fala Krishna: É o veemente desejo oriundo do amor à posse; é este o maior inimigo do homem, vítima da ignorância, que o leva à perdição.[23]

Assim como a chama é envolta em fumo; como o espelho se cobre de pó; como o embrião é circundado pela membrana no seio materno – assim é o Eu do homem envolto pelos desejos do mundo objetivo.

Até o sábio, ó Arjuna, é tentado pelo fogo do desejo, seu contínuo inimigo, que, com disfarces vários, o alicia.

Os sentidos, o intelecto e as emoções são a morada desses desejos objetivos; são eles que anuviam a razão e roubam ao homem que a eles sucumbe a luz do conhecimento.

Pelo que, nobre herói dos lutadores, controla os teus sentidos e governa o coração! Supera esse mundo objetivo, que instiga ao mal e destrói a sabedoria!

Fortes são os sentidos (*kama*); mais forte é a mente (*manas*); mais forte ainda é a alma (*buddhi*) – e acima de tudo está a luz Divina da Verdade (*Atman*).

Uma vez que conheceste o Eu Supremo, supera os sentidos, a mente e as emoções pelo poder do eu sou. Derrota os teus inimigos, que, em formas várias, se te apresentam.[24]

---

23 "A cobiça é a raiz de todos os males" (Bíblia). "Ninguém pode servir a dois senhores: a Deus e às riquezas" (Jesus, o Cristo).

24 Nestas últimas palavras aparece nitidamente o sentido simbólico da luta que Arjuna enfrenta: os inimigos que usurparam o trono da alma são os sentidos, a mente e as emoções, que devem ser superados para que o príncipe Espírito (alma) possa ocupar o trono que lhe compete e proclamar o reino de Deus. Arjuna, o irredento, deve ser redento por Krishna, o redentor – e

4
Da Experiência Espiritual

Sri Prem Baba: O quarto capítulo da Bhagavad Gita é uma verdadeira joia espiritual, onde Krishna revela ensinamentos profundos sobre a relação entre conhecimento e ação, iluminando o caminho para a libertação. Aqui, ele nos mostra como a sabedoria espiritual pode transformar nossas vidas, permitindo que transcendamos as ilusões do ego e nos alinhemos com o propósito divino.

Krishna começa explicando que, sempre que o dharma enfraquece e o adharma cresce no mundo, Ele próprio se manifesta como um avatar, um ser divino que desce à Terra para restaurar a ordem, proteger os justos e guiar a humanidade. Esse ensinamento nos lembra que a graça divina nunca nos abandona, mesmo nos momentos mais sombrios. A presença do Divino é constante, surgindo em formas que nos ajudam a redescobrir a luz dentro de nós.

Krishna também apresenta a ideia de yajña – o sacrifício. Ele descreve várias formas de sacrifício, desde ações físicas até práticas espirituais mais sutis, como o estudo e a meditação. Mas Ele revela que o mais elevado de todos os sacrifícios é o sacrifício do conhecimento. Ao buscar e compartilhar o conhecimento espiritual, transcendemos o ego e nos conectamos com a verdade suprema. Esse sacrifício é

---

esse Krishna-redentor faz também habita nas profundezas da alma de Arjuna, o homem irredento, porém redimível. Esta mesma doutrina do "Cristo interno no homem" vai através de todo o Evangelho, embora as teologias eclesiásticas tenham interpretado dualisticamente esse grandioso monismo místico do Evangelho do Cristo.

como um fogo que consome as impurezas da mente, libertando-nos da ignorância e do sofrimento.

Para caminhar nesse caminho de sabedoria, é importante que um guru, um mestre iluminado possa nos guiar. O relacionamento entre discípulo e mestre como um processo de humildade, serviço e questionamento sincero é a fonte da luz da sabedoria suprema. O guru é como um farol que ilumina o caminho, ajudando-nos a compreender a verdade e a aplicar esse conhecimento em nossas vidas, assim como Krishna faz com Arjuna.

Este capítulo nos convida a integrar o conhecimento espiritual com a ação no mundo. Krishna nos ensina que não é necessário abandonar nossas responsabilidades ou viver isolados; ao contrário, podemos transformar cada ação cotidiana em uma oferenda ao Divino. É nesse equilíbrio entre conhecimento e ação que encontramos a paz interior e o propósito maior de nossas vidas.

O fogo do conhecimento queima as ilusões e nos desperta para a verdade. Ele nos lembra que o conhecimento verdadeiro nos libera, nos mostrando que não somos o corpo, a mente ou o ego, mas sim o Atma – a essência divina e eterna.

Que possamos, como Krishna nos inspira, transformar cada ação em uma oração, cada pensamento em uma oferenda e cada momento em um passo em direção à luz do conhecimento. Assim, descobriremos que o Divino não está distante, mas vive dentro de nós, esperando apenas que reconheçamos sua presença e nos alinhemos com sua vontade eterna.

***

Fala Krishna: Em tempos idos, transmiti esta doutrina da imortalidade ao senhor da luz, Vivasvan[25]; dele passou para Manu[26], o qual a ensinou a Ikshvaku.[27]

E assim, por tradição, chegou ao conhecimento dos Rishis[28], mestres de yoga, que estimavam essa doutrina. No decorrer dos tempos, porém, começou ela a ser obliterada até finalmente desaparecer.

A ti, caro príncipe, que és meu amigo e devotado cultor, quero de novo revelar essa doutrina de yoga, que é profunda e misteriosa.

Fala Arjuna: Tu, Senhor, nasceste muito depois de Vivasvan; como, pois devo entender que foste tu que revelaste essa doutrina?

Fala Krishna: Muitas vezes já nascemos, eu e tu; tu, ó vencedor, esqueceste os teus nascimentos; eu, porém, conheço todos os meus.

Na minha Divindade, sou sem nascimento nem morte, eterno senhor de tudo que nasce e existe; e, contudo, os meus deuses nascem, vêm e vão. Ao efêmero reflexo no espelho da Natureza imprimo o sigilo da minha Divindade, pela alta magia do meu espírito.[29]

Toda vez que a ordem morre e a desordem impera, torno a nascer em tempo oportuno – assim o exige a Lei.

---

25 Vivasvan – é o sol espiritual do Universo.

26 Manu – é o paralelo ao Adi-aham (Adão) da Bíblia.

27 Ikshvaku – corresponde ao Noé bíblico, pai da humanidade atual.

28 Rishis – ou videntes, são os sábios e patriarcas.

29 "No princípio era o Verbo..." o Cristo Cósmico, que, mais tarde, quando o "Verbo se fez carne", apareceu entre nós como o Cristo telúrico, servindo-se da natureza humana de Jesus de Nazaré. "Antes que Abraão fosse feito, eu sou..." "Glorifica-me, ó Pai, com aquela glória que eu tinha em ti, antes que o mundo existisse" (Jesus, o Cristo). "O Cristo é o primogênito de todas as *creaturas*, visíveis e invisíveis" (Paulo, o apóstolo).

Para proteger o bem e destruir o mal, encarno no seio da humanidade, ensinando o caminho que leva à autorrealização.

Aquele que compreende a minha vocação divina e o mistério da minha encarnação, não tem necessidade de nascer novamente após a morte, aqui na terra, ó príncipe; ele vem a mim, ditoso.[30]

Libertos de apego, paixão e temor, pelo poder da meditação e da sabedoria; purificados no fogo do amor, esses, após-morte, ingressam no meu Ser.

Quem me adora é elevado a mim; andará nos meus caminhos, e eu satisfarei todos os seus desejos.[31]

Quem espera recompensa pelo serviço a mim prestado, esse cultua entidades inferiores; quem visa sucesso nas coisas deste mundo, facilmente o terá.

Consoante o talento e a capacidade de cada um, estabeleci classes entre os homens, superiores e inferiores; mas eu mesmo, que *creo* as mutações, sou imutável e transcendente a elas.

Eu, que ajo, não sou afetado por minhas ações, nem viso o fruto da minha atividade. Quem isto compreende pode agir sem estar apegado ao que faz; não deseja lucro; quem está unido a mim é livre e imaculado em suas obras.

---

30 Sendo que o renascimento físico é um castigo que a si mesmo inflige o homem que não renasceu pelo espírito, está isento dessa reencarnação todo homem que renasce espiritualmente; liberto do fastidioso *sansara* do nascer, viver, morrer e renascer fisicamente, entra no glorioso nirvana do eterno viver. "Carne e sangue não podem herdar o reino de Deus" (Paulo, o apóstolo). "São filhos de Deus os que nasceram, não do desejo do varão, nem do desejo da carne, nem (da fusão) dos sangues, mas de Deus" (João, o evangelista). "Quem não nascer de novo pelo espírito não pode ver o reino de Deus" (Jesus, o Cristo).

31 "Procurai em primeiro lugar o reino de Deus e sua harmonia e todas as outras coisas vos serão dadas de acréscimo" (Jesus, o Cristo).

Em tempos idos, os que buscavam libertação sabiam disto, e, agindo com liberdade, eram perdoados – age tu como eles.

Que é o reto-agir? Que é o falso-agir? Perguntam os sábios e poetas. Eu te ensinarei que o reto-agir é o que gera liberdade.

Escuta, pois, e compreende a diferença entre o reto-agir, o falso--agir e o não agir – problema difícil de discernir!

Quem age sem perder o repouso interno, e quem vê atividade na inatividade – esse é um sábio; quer ativo, quer inativo, sempre realiza o seu dever e age corretamente.

O seu trabalho é livre da maldição do egoísmo; o seu desejo de recompensa foi consumido no fogo do conhecimento sagrado – esse é um santo, porque santo é o espírito que o anima.[32]

Não se compraz em nenhum fruto do seu trabalho nem se apega a objeto algum da natureza; habita, sempre sereno, na paz do seu Eu, porque sabe que não é ele que age, mesmo quando realiza alguma obra.[33]

Não espera lucro nem receia perda; vive todo em si mesmo, senhor dos seus sentimentos e pensamentos, enquanto age, rei no reino da sua alma.

---

32 Essa atividade na inatividade, esse agir pelo não agir, o reto-agir, é que Lao-Tse, no *Tao Te King*, chama **wu-wei**, agir sem apego. "Quando tiverdes feito tudo que fazer devíeis, dizei: Somos servos inúteis; cumprimos a nossa obrigação – nenhuma recompensa merecemos por isto" (Jesus, o Cristo).

33 "As obras que faço não sou eu que as faço, mas o Pai que em mim está é que faz as obras... A minha doutrina não é minha, mas a daquele que me enviou. Quando vos arrastarem às sinagogas e aos tribunais, não vos preocupeis com as palavras e o modo como haveis de falar, porque, nesse momento, vos será dado pelo espírito de meu Pai o que haveis de dizer; pois não sois vós que falais, mas é o espírito de meu Pai que fala em vós" (Jesus, o Cristo).

Habita puro no meio dos impuros; aceita com serenidade todos os acontecimentos; nenhuma adversidade o abate, nenhuma prosperidade o exalta; ele é sempre o mesmo.

Por entre prazeres e sofrimentos, cada uma das obras é feita no espírito de Deus, sacrifício no altar do devotamento, consumido pelo fogo do puríssimo amor.

Deus é o amor, Deus é o sacrifício, Deus é o fogo, Deus é o sacrificante; de maneira que quem age com a consciência em Deus, realiza Deus em si, o Eu supremo.

Há *yogis* que servem a Deus com ritualismos vazios e fumos sobre o altar; outros, porém, oferecem-lhe melhores dádivas, no fogo de Brahman.

Outros praticam renúncia, abstendo-se do que agrada aos olhos e ouvidos; outros ainda oferecem, de coração ardente, as suas preces e seus hinos de louvor.

Muitos há que, no fogo místico da mortificação dos sentidos, ateado pela luz da Verdade, abrem mão das alegrias da vida.

Há também os que, por meio de votos, renunciam às riquezas e vivem em humildade, entre penitências, jejuns e macerações; outros que, pela silenciosa leitura de livros e profunda meditação, buscam conhecimento.

Há também os que procuram adaptar às energias de dentro as energias de fora, robustecendo o pensamento pela inalação espiritual e pela amorosa exalação, evitando qualquer pensamento que não beneficie a alma.[34]

---

34 Alusão ao exercício de *pranayama* ou respiração rítmica controlada (*kriya yoga*).

Todos esses *yogis*, em virtude de seus sacrifícios peculiares, se libertam de todas as impurezas, no fim dos seus exercícios, e, imersos em alegria, atingem a eterna divindade.

Os que não oferecem sacrifícios neste mundo, ó príncipe, nada têm que esperar, nem neste mundo nem no outro.

Estes e outros sacrifícios vêm mencionados nos Vedas. Lembra-te de que todos eles provêm da atividade; se isto compreendes, serás liberto pela luz da Verdade.

O sacrifício exigido pela meditação é melhor do que o sacrifício de bens materiais. O valor de todas as atividades culmina na experiência do Eu supremo.

Isto se consegue por meio de humildade, devotamento e serviço. Se amares a Verdade, virão em teu auxílio os que conhecem a Verdade, favorecendo a tua iniciação.

Uma vez atingida a Verdade, ó príncipe, nunca mais sucumbirás à ignorância – e a Verdade te dirá que todos os mundos estão em ti.[35]

E tu estás em mim. E ainda que fosses mais pecador que todos os pecadores, o barco da sabedoria te levaria, seguro, através do oceano da ignorância.

Assim como a chama reduz as cinzas à lenha, assim consome o fogo da sabedoria todas as ações e efeitos da ação.[36]

---

35 Quem está com Deus está com todas as *creaturas* de Deus – é este o grandioso monismo cósmico que todos os verdadeiros místicos experimentam – mas que os dualistas ignoram. Disto dão eloquente testemunho, o Cristo e alguns dos seus mais autênticos discípulos, como Francisco de Assis, que em todas as *creaturas* de Deus via o Deus das *creaturas*.

36 Neste sentido se devem entender as palavras de Jesus ao ladrão convertido: "Em verdade te digo que ainda hoje estarás comigo no paraíso".

Em verdade, nada há tão purificador como a sabedoria; quem pratica sinceramente yoga, descobrirá em si mesmo esta verdade.

A Verdade se lhe revela, e, se ele a amar e for senhor das suas paixões, e se apoderar da Verdade, entrará na mansão da suprema beatitude e repousará na paz da divindade.[37]

O homem ignorante e cético não encontra sossego, nem no mundo do aquém nem no mundo do além – nem atingirá repouso na eternidade.

Mas, quem encontra a si mesmo, é senhor de si; transcende pela sabedoria os efeitos das suas ações (karma); nada mais o prende, e as dúvidas se dissipam à luz do conhecimento da divindade.

Pelo que, ó príncipe, mata com o gládio da sabedoria essas dúvidas que nascem da insipiência e te angustiam o coração. Acorda e firma-te na experiência divina!

---

37 "Conhecereis a Verdade – e a Verdade vos libertará" (Jesus, o Cristo).

5

A Sabedoria do Desapego

Sri Prem Baba: Krishna revela, então, com clareza e profundidade o caminho para a paz interior: a renúncia e o desapego. Ele explica que a verdadeira renúncia não está em abandonar o mundo ou as ações, mas em abandonar o apego aos resultados delas. Essa é a chave para a libertação do sofrimento, pois é o apego que nos mantém presos ao ciclo de dualidades – prazer e dor, sucesso e fracasso, ganho e perda.

Krishna nos lembra que o mundo externo está em constante mudança. É da natureza deste plano que ora coisas boas aconteçam, ora coisas ruins. Assim como o vento muda de direção, as circunstâncias da vida também mudam, frequentemente de formas inesperadas. O sofrimento surge quando nos apegamos ao que é transitório, acreditando que a nossa felicidade depende do que está fora de nós.

O verdadeiro yogui, como Krishna ensina, é aquele que se mantém equilibrado e sereno, independentemente do cenário ao seu redor. Ele compreende que a paz interior não pode ser condicionada pelos acontecimentos externos. Ele não permite que o mundo material retire a sua paz, porque sua mente está firmemente ancorada no plano superior. Essa equanimidade, esse estado de equilíbrio, é o fruto da sabedoria e do desapego.

Krishna também nos mostra que o desapego não é indiferença ou passividade. O yogui continua a agir, mas suas ações não são motivadas pelo desejo de reconhecimento ou recompensa. Ele age como uma oferenda ao Divino, sabendo que é apenas um instrumento da vontade maior. Esse estado de entrega liberta o coração do peso do ego e abre espaço para uma profunda conexão com o Supremo.

Quando nos libertamos do apego e renunciamos à necessidade de controle, descobrimos que a paz que buscamos está dentro de nós, e não nas circunstâncias externas. A verdadeira renúncia é interior: é deixar ir o ego, o medo, o desejo de posse e confiar no fluxo da vida. É isso que nos aproxima da consciência superior e nos permite viver em harmonia, mesmo em meio às tempestades do mundo.

A verdadeira paz não é ausência de movimento no mundo, mas a ausência de movimento na mente. Que possamos aprender a viver como um yogui, serenos diante das ondas da vida. Que cada ação seja um ato de amor e cada momento uma oferenda ao Supremo. Assim, encontraremos a liberdade, não em escapar do mundo, mas em transcender suas ilusões, vivendo com o coração em paz e a alma em plenitude.

***

Fala Arjuna: Enalteceste, Senhor, a abstenção dos atos, e recomendaste, não obstante, a atividade. Dizei-me agora, em definitivo, qual é o caminho melhor para atingir a meta mais alta.

Fala Krishna: Bom é agir e bom é abster-se da atividade; tanto isto como aquilo conduz à meta suprema. Mas, para o principiante, melhor é agir corretamente.

O verdadeiro renunciante é somente aquele que nada deseja e nada recusa, inatingido pelos opostos, tanto no seu agir como no seu desistir, não afetado nem por esperança nem por medo.

Os ignorantes tecem teorias sobre o agir e o saber, como se se tratasse de duas coisas diferentes; mas os sábios estão convencidos de que quem faz isto não deixa de colher os frutos daquilo.

O reino da quietude que os sábios conquistam pela meditação é também conquistado pelos que praticam ações; sábio é aquele que compreende que essas duas coisas – a intuição mística e a ação prática – são uma só em sua essência.

Difícil tarefa é, herói, alcançar estado de renúncia sem ação e sem que o espírito da fé penetre o coração. O sábio que, pela força da verdade, renuncia a si mesmo integra-se em Brahman.

Esse é puro de coração[38], forte no bem e senhor de todos os seus sentidos; a sua vida está a serviço da vida de todos, e ele realiza todas as ações sem ser escravizado por nenhuma delas.

Porquanto reconhece que não é ele que age, quando vê, ouve e sente.

Pois, quando vê ou ouve, cheira ou come, dorme ou respira, quando abre ou fecha os olhos, quando dá ou recebe ou exerce outro ato sensório qualquer – não são senão os seus sentidos que operam com esses objetos externos.[39]

Quem tudo faz sem apego ao resultado dos seus atos faz tudo no espírito de Deus, e, como a flor de lótus, incontaminada pelo lago em que vive, permanece isento do mal.

---

38 Os "puros de coração", dos quais Jesus fala no Sermão da Montanha, são os que se desapegaram totalmente do seu ego humano, e é por isto que "veem a Deus".

39 Cf. as palavras de Jesus: "As obras que faço não sou eu (meu ego humano) que as faço, mas é o Pai que em mim está (o meu Eu divino) que as faz. De mim mesmo nada posso fazer".

Com todas as forças do espírito, da mente, do coração e do corpo[40] luta o *yogi* pela purificação de sua alma, sem nada buscar para si mesmo em tudo que faz.

Quem a tudo renuncia, jubiloso, alcança, já agora, a mais alta paz do espírito; mas quem espera vantagem das suas obras é escravizado por seus desejos.

O sábio que, em corpo terrestre, se libertou do egoísmo, habita, mesmo quando age, no céu da sua paz, na "cidade dos nove portais"; não tem desejos, nem induz outros a terem desejos.

O Senhor do Universo não *crea* ação nem o impulso de agir nem o desejo dos frutos da atividade – tudo isto nasce da natureza finita do indivíduo.

O Senhor do Universo não toma sobre si as culpas dos homens, porque está acima de todas as ações, perfeito em si mesmo. Erram os homens por sua própria ignorância, porque a luz da verdade está envolta nas trevas da ilusão.

Mas, quando as trevas cedem à luz, amanhece o dia, e, assim como o sol em pleno esplendor, revela-se o Ser Supremo.

Quem se integra ao Ser Supremo e nele repousa está livre da incerteza e trilha caminho luminoso, do qual não há retorno, porque a luz da verdade o libertou do mal.[41]

---

40 "O primeiro e maior de todos os mandamentos é este: Amarás o Senhor, teu Deus, de todo o teu coração, com toda a tua alma, com toda a tua mente e com todas as tuas forças" (Jesus, o Cristo).

41 Quem conhece o Evangelho do Cristo e os escritos dos seus grandes discípulos, sobretudo João e Paulo, não pode deixar de descobrir um paralelismo quase contínuo entre estas palavras de Krishna e as do Cristo e seus iniciados. "Conhecereis a verdade, e a verdade

Quem vive na luz da verdade vê Deus em todos os seres – no brâhmane e no cão, no elefante e na vaca, e até no desprezado pária.

Os que estão firmes na luz da verdade venceram o mundo, já aqui na terra, pela fé na harmonia universal; assim, Brahman transcende todas as condições da dualidade, habitando na suprema unidade – quem o conhece repousa em Brahman.[42]

Quem vive firmemente consolidado na consciência de Brahman não sucumbe à alegria, na prosperidade, nem à frustração, na adversidade – mas remonta à claridade sem nuvens e se integra à Divindade.

Quem preserva a sua alma livre de todas as coisas que vêm de fora realiza o seu verdadeiro Eu, atinge a paz verdadeira, a beatitude do seu verdadeiro ser.

As alegrias que brotam do mundo dos sentidos encerram germes de futuras tristezas; vêm e vão; por isto, ó príncipe, não é nelas que o sábio busca a sua felicidade.

Feliz é aquele que, durante a vida terrestre, consegue libertar-se dos impulsos que geram paixão e ódio, estabelecendo-se firmemente no espírito da união com Deus.

É ele, na verdade, um santo, que encontra o céu dentro de si mesmo; a sua vida é uma com Brahman e abre-se-lhe a porta do nirvana.[43]

---

vos libertará"... "A luz brilha nas trevas e as trevas não a prenderam"... "Os homens amaram mais as trevas do que a luz, porque as suas obras eram más".

42 Vai através do Evangelho e da *Bhagavad Gita* um traço de grandioso **monismo**, equidistante do **dualismo** da teologia ocidental e do **panteísmo** de certas filosofias orientais. Todos os mundos estão em Deus, e Deus está neles; mas o mundo não é idêntico a Deus nem está separado de Deus.

43 **Nirvana** quer dizer **quietação**, provinda da extinção de todos os desejos do ego. **Nirvana**, o oposto do *sansara* (**agitação**), é o repouso na Verdade, eterna.

É assim que os *rishis*[44], livres de incertezas e senhores de si mesmos, já aqui na terra, entram no nirvana da Divindade, vivendo a vida de todos os seres.

Todos os que, libertos de ódio e paixões, fortes na humildade e iluminados pela fé, superaram o seu ego humano e realizaram em si o Eu divino, todos eles se aproximam da verdadeira paz em Deus.

O *yogi* que habita na luz, que se abstém do contato com o mundo dos sentidos, cujo olho espiritual se abriu e cuja respiração espiritual se sintonizou com a respiração corporal.[45]

Ele que, repleto da virtude de Deus, governa o coração e a mente, e, sem egoísmo, anseia pela redenção – esse se libertou de si mesmo e vive na paz eterna, aqui e por toda a parte.

Ele sabe que eu sou a Essência em todas as Existências; eu, o Imanifesto em todos os Manifestos; eu, a suprema e imutável Realidade em todos os mundos em incessante mutação; eu, refúgio e proteção de todas as *creaturas*. Quem isto sabe encontrou a paz.

---

44 *Rishi*: vidente; *maharishi*: grande vidente.

45 Alusão à prática do "olho simples" e da respiração material transformada em prana espiritual. Cf. as palavras do Cristo: "Se o teu olho for simples, todo o teu corpo estará cheio de luz..." Os exercícios acima insinuados devem ser feitos sob a direção de um guru (mestre) perito e consciencioso, porque, do contrário, podem resultar em situações adversas.

6

Exercício de Meditação

Sri Prem Baba: No sexto capítulo da Bhagavad Gita, Krishna aprofunda o ensinamento sobre o caminho do Yoga, mostrando que a prática espiritual é uma jornada de autodomínio e união com o Divino. Ele revela que o verdadeiro yogui é aquele que vive em equilíbrio, moderado em todas as coisas, e que encontra a paz dentro de si, independentemente das circunstâncias externas.

Krishna destaca que o autodomínio é o alicerce do Yoga. Aquele que aprende a governar sua mente e sentidos se torna o melhor amigo de si mesmo, enquanto aquele que permite que o ego e os desejos o controlem se torna seu próprio inimigo. O Yoga é o caminho para transformar a relação consigo mesmo, equilibrando o corpo, a mente e o espírito, e descobrindo a plenitude que já habita em nosso interior.

Krishna enfatiza a importância da disciplina na prática espiritual. Ele ensina que o verdadeiro yogui é aquele que encontra o meio-termo, evitando extremos: nem se entrega à indulgência, nem se priva de forma excessiva. A prática de Yoga deve ser moderada e constante, conduzindo a um estado de harmonia que possibilita a meditação profunda.

A meditação, para Krishna, é o ápice da prática espiritual. Ele descreve o yogui que medita como alguém que silencia a mente e se conecta com o Atma, o eu eterno e divino. Nesse estado, o yogui experimenta a verdadeira união com o Supremo, livre das dualidades do mundo e das distrações do ego. Ele encontra dentro de si uma paz que é independente do mundo externo.

Krishna também nos oferece um lembrete profundo: o yogui verdadeiro é aquele que vê o Divino em todos os seres. Ele vive com compaixão e equanimidade, reconhecendo que todas as almas são expressões do mesmo Amor Supremo. Esse reconhecimento dissolve a separação e nos conecta à unidade de toda a criação.

Por fim, Krishna inspira Arjuna ao afirmar que o yogui é aquele que vive em devoção, entregando-se ao Divino com amor e fé. Ele destaca que, entre todos os yoguis, o mais elevado é aquele que se entrega de coração ao Supremo, vivendo uma vida de devoção sincera e plena.

O verdadeiro Yoga é o caminho do amor, do equilíbrio e da união. Que possamos, como os yoguis que Krishna descreve, silenciar nossas mentes e nos conectar com o eterno dentro de nós. Que cada respiração seja um ato de devoção, cada pensamento uma expressão de paz, e cada ação um reflexo do amor que une todas as coisas. No silêncio da meditação, que possamos ouvir a voz do Divino e, nela, encontrar a verdade, a unidade e a liberdade suprema.

***

Fala Krishna: Quem faz o que deve fazer, e não depende dos frutos da sua ação, esse é um sábio e um santo – mas não é sábio nem santo quem apenas acende a chama do sacrifício ritual e se recusa a trabalhar pela grande obra.

Pelo que, ó príncipe, compreende o que quer dizer renúncia: é realizar no verdadeiro espírito o que deve ser realizado. Quem não realiza com supremo devotamento os seus atos, esse não renunciou.

Renúncia é obra feita com total desinteresse; por ela atinge o devoto santidade, e santidade é paz, que só se alcança pela desistência de qualquer desejo pessoal.

O sábio age sabiamente; nenhum desejo de lucro pessoal, nenhuma intenção de acuidade de lucro pessoal, nenhuma intenção de cuidar de si mesmo o move na sua sapiente atividade. Ele é inteiramente livre do querer do ego finito.

Todo homem deve erguer-se pela força de seu próprio Eu divino, e não decair jamais das alturas desse estado. O Eu divino é o melhor amigo do homem, mas o ego humano é seu pior inimigo.

Quem domina o pequeno ego pelo grande Eu, esse é amigo de si mesmo; mas, se o ego não odiar a sua própria egoidade, então se torna inimigo do Eu (da alma) do homem.[46]

O espírito do homem que repousa plenamente em si mesmo e adquiriu perfeita serenidade, é imune do contágio das coisas externas, indiferente a calor e frio, prazer e sofrimento, louvores e injúrias.

Esse é um *yogi*, um homem integral, com o coração cheio de sabedoria e beatitude; iluminado, se alteia às regiões do espírito, senhor dos seus sentidos; dá o mesmo valor a todas as coisas: a uma pedra ou um torrão de barro ou a um pedaço de ouro.

O que o caracteriza é a sua atitude de serena benevolência para com todos os que dele se aproximam, amigos ou inimigos, conhecidos ou estranhos, bons ou maus, afetos ou desafetos – todos lhe merecem amor.

---

46 Cf. as palavras do Cristo: "Quem quiser ganhar a sua vida (ego), perdê-la-á; mas, quem perder a sua vida por minha causa (Eu), esse a ganhará". A filosofia oriental sintetizou esta sabedoria na fórmula: "O ego é o pior inimigo do Eu – mas o Eu é o melhor amigo do ego". Inimigo só pode ser quem é ignorante, como o ego; amigo é o que é sapiente, como o Eu.

Imerso em Deus, em longínqua solitude, permanece o *yogi* liberto da escravidão de sentimentos, pensamentos e desejos.

Retira-se a um lugar puro, num assento simples e firme, nem alto nem baixo demais coberto de capim *kusha* e uma pele de tigre ou veado e um tecido de seda ou lã.

E, ali sentado, ereto e imóvel, com os sentidos e a mente perfeitamente controlados e a alma unipolarizada[47], pratica o homem yoga a fim de conseguir a purificação da sua alma divina.

Mantenha o corpo, o pescoço e a cabeça eretos, com a espontânea naturalidade, fazendo os olhos convergir na base do nariz, pelo poder da visão interna.

Esteja firmemente estabelecido no espírito de *brahmacharya*[48], livre de qualquer solicitude, todo focalizado em mim e a mim devotado com todo o seu ser.

Assim, em permanente contemplação do Ser Supremo, torna-se o *yogi* um poderoso soberano no seu próprio reino e entra na paz e no gozo supremo do nirvana.

Quem come demais ou de menos, quem dorme demais ou de menos, esse, ó Arjuna, é absolutamente inapto para praticar yoga.

---

47 **Unipolarizado** (unipolaridade), quer dizer "centralizado ou focalizado num único ponto". O homem profano e descontrolado é pluripolarizado, disperso, distraído, falto de unidade, e, por isto mesmo, fraco, descontente, infeliz.

48 *Brahmacharya* (consagrado a Brahma) é disciplina ou abstenção sexual voluntária, que é por todos os mestres espirituais considerada vantajosa à vida espiritual, ao passo que o celibato compulsório, mesmo quando inicialmente voluntário, acabará por se revelar prejudicial. Jesus aconselhou a seus discípulos o celibato voluntário, "por amor ao reino dos céus", dependente da compreensão espiritual.

Somente quem é disciplinado no comer, no dormir, no vigiar, no descansar e no divertir-se, esse auferirá do exercício de yoga a libertação de todos os males.

Somente aquele que possui domínio sobre seu mundo interno de desejos pessoais, e está focalizado em seu Eu Supremo, esse é um liberto (*yukta*).

Assim como a chama não bruxuleia quando num lugar abrigado de vento, de modo semelhante tende o coração, quando isento dos vendavais dos sentidos e ardendo em amor divino, rumo às alturas do Eterno.

Quando, graças à contínua meditação, o coração encontrou repouso, naquele lugar onde reina a compreensão, onde o espírito sublime se contempla a si mesmo e tudo encontra dentro de si mesmo;

Quando a alma experimenta o gozo que transcende o alcance dos sentidos e do intelecto e só é conhecido pela alma na própria alma – essa consciência da verdade que o *yogi* nunca mais perderá;

E quando o homem alcança essa meta e tem a verdade em maior apreço do que todos os tesouros, e nela persevera inabalável, de maneira que sofrimento algum o torne infeliz;

Então sabe ele que a perfeita yoga o torna imune, mesmo à maior das dores e que essa meta se alcança por meio de energia e perseverança.

É necessário que ele arranque do coração todos os devaneios e todas as vacilações, toda a ganância, vaidade e mania de grandeza; que obstrua e vigie todas as portas por onde o mundo dos sentidos possa invadir-lhe a alma.

Então se aproxima ele do santuário, passo a passo, e conhecerá as belezas da paz que habita no coração perfeitamente dominado, lá onde impera soberana a verdade e onde a alma goza da verdadeira liberdade.

E, ainda que a mente volúvel se rebele e tente fugir para longe, disciplina-a pela força do amor e recondu-la ao Ser Supremo.

Penetra na alma inefável beatitude, quando o coração, livre de ilusão, se une a Deus e se despe de qualquer desejo.

Quem assim se oferece em sacrifício a Deus e vive em permanente união com ele, experimenta em si a ilimitada beatitude de que o enche a divina presença.

Integrado em Deus, vive ele vida divina e percebe o espírito de Deus em todas as *creaturas*, porque sabe que todas as coisas têm em Deus o seu íntimo ser.

Quem me enxerga como o Uno e o Único em todas as coisas, e vê todas as coisas em mim, a Suprema Realidade, esse vive firme em mim, e eu vivo firme nele, sejam quais foram as condições da sua vida externa.

Eu sou a imanente Realidade em todos os seres; quem me cultua como o Uno e o Absoluto em tudo permanece em mim, independente das adversidades da sua vida aqui na terra.

Ó Arjuna! Aquele que, entre alegrias e sofrimentos, paira soberano na força do conhecimento de mim, o Uno e o Único, esse é o mais perfeito dos *yogis*.

Fala Arjuna: Não encontro permanência, Senhor, nesse estado de devotamento. Yoga, como dizes, é tranquilidade de espírito; mas inquieto e rebelde é meu coração.

Inconstante e turbulenta é minha mente, ó Krishna! Difícil disciplina-la – mais fácil seria controlar os ventos...

Fala Krishna: Certamente, ó herói, difícil é refrear a mente, porque inquieto é o coração. Somente pela quietação dos desejos, que o exercício tornará em hábito, é que alcançarás domínio sobre ti mesmo.

Não é fácil conseguir união com o Ser Supremo, enquanto o espírito não disciplinar a carne. Mas quem aprendeu a arte do autodomínio atingirá a meta, contanto que possua força de vontade.

Fala Arjuna: Mas, qual é o destino final do homem que, embora devoto e cheio de fé, não possui perfeita renúncia e é inconstante nos seus exercícios espirituais?

Será que esse homem, ó Poderoso, perecerá como uma nuvem que a tempestade dissipa? Será que ele, aberrando da senda da sabedoria e da ação, acabará no puro nada?

Quisera ouvir de ti, ó Krishna, a solução da minha dúvida, porque só tu me poderás dar a resposta definitiva.

Fala Krishna: Ó filho de Pritha! Esse homem não será aniquilado, nem neste mundo nem no outro. Quem ama a verdade não trilha o caminho da ignorância; quem age com sinceridade não perecerá.[49]

---

49 Cf. as palavras do Cristo: "Quem pecar contra o filho do homem será perdoado..." "Pai, perdoa-lhes, porque não sabem o que fazem". Todo pecado cometido por ignorância e fraqueza é perdoável. Imperdoável é somente o "pecado contra o espírito universal (santo)", isto é, o pecado cometido com perfeito conhecimento e liberdade; esse pecador se torna "réu de pecado eterno", e cairá vítima da "morte eterna", isto é, do autoaniquilamento, da dissolução da sua individualidade. Será possível, na presente humanidade, esse pecado contra o "espírito santo"? Se os próprios assassinos de Jesus não o cometeram?

Quem na vida presente, não consegue a meta, mas vive corretamente, entrará na mansão de Indra; onde viverá anos incontáveis, até reencarnar na terra.

Voltará como filho de homens bons e puros, talvez como filho de um sábio *yogi*. Mas é difícil e raro conseguir tão alto nascimento aqui na terra.

E assim, reencarnado, prosseguirá no plano da consciência que atingiu em existência anterior; e retornará a jornada rumo à luz, no ponto em que a interrompeu.[50]

E com maior sucesso, porque a tendência às alturas que o animava novamente o animará, embora ele não tenha consciência desse obscuro anseio.

Até que, puro de coração, após muitas reencarnações, através de uma evolução gradual, ele atinja a meta suprema, unindo-se a Brahman.

Um *yogi* desta natureza é superior ao asceta e ao erudito intelectual, superior também ao que realiza grandes prodígios.

Dc todos os *yogis* me é mais querido aquele que põe em mim toda a sua confiança e a mim se entrega com toda a sua alma. Este encontrará em mim a paz do seu coração.

---

50 Não serão estas palavras um paralelo das do Cristo, quando diz: "Há muitas moradas em casa de meu Pai"? Em qualquer hipótese, é insustentável a teologia medieval que assina à alma humana lugar definitivo, céu ou inferno eternos, logo após a morte física. Os que admitem purgatório – período de purificação – pelo menos deixam aberta a porta para uma evolução ulterior, após-morte, o que concorda tanto com a razão como com a revelação. Enquanto a consciência e a liberdade do homem persistirem, persiste a sua possibilidade de evolução; o livre-arbítrio não está nos ossos, na carne, no sangue, nos nervos, que pereceram com a morte física; consciência e liberdade são atributos da alma, que não sucumbe a nenhum acidente, doença ou à velhice.

7

Sabedoria da Visão Espiritual

Sri Prem Baba: Krishna vai agora conduzir Arjuna a uma compreensão mais profunda da relação entre Deus, o universo e o indivíduo. Ele revela que, para caminhar no verdadeiro caminho do Yoga, é necessário cultivar o conhecimento (jñāna) e o discernimento (vijñāna), que nos ajudam a perceber a presença divina em todas as coisas. Ele nos convida a ver além das aparências do mundo material e a nos conectar com o Divino que permeia tudo.

Krishna apresenta a realidade última da criação segundo a visão da Vedanta, onde Deus, ou Brahman, é tanto a causa quanto a essência de todo o universo. O universo é sustentado por dois aspectos de Sua manifestação: o inferior, que é a matéria (prakriti), e o superior, que é o espírito (purusha). Assim, tudo o que vemos, tocamos e experimentamos no mundo material é uma expressão de Deus, mas Ele transcende o que é percebido pelos sentidos.

De acordo com a Vedanta, o universo é como um reflexo de Deus, uma dança da energia divina. Krishna nos convida a compreender que, por trás de cada forma, por trás de cada som e de cada evento, há a essência do Divino. Isso significa que o mundo não é separado de Deus, mas, ao mesmo tempo, Deus está além do mundo. Essa visão nos chama a viver em reverência, reconhecendo o sagrado em tudo ao nosso redor.

Krishna também nos lembra que o caminho para conhecer essa verdade divina exige devoção e fé. Muitos buscam a Deus por diferentes motivos – alguns para aliviar o sofrimento, outros em busca de poder ou sabedoria – mas o mais elevado é aquele que busca o Divino por puro amor e desejo de união. Esse é o caminho do bhakti, onde a devoção dissolve o ego e nos conecta ao eterno.

A ilusão (maya) cobre nossa percepção, nos fazendo identificar apenas com o corpo, o ego e o mundo material. Essa ilusão nos mantém presos no ciclo de samsara, esquecendo que somos uma extensão do Divino. Para superar essa barreira, Krishna sugere que cultivemos o discernimento, aprendendo a ver o mundo como um reflexo da essência divina e não como uma realidade separada.

Porém, o verdadeiro conhecimento espiritual não é algo intelectual, mas uma experiência direta de unidade com o Todo. Tudo o que existe é parte de Deus e aquele que O conhece assim alcança a liberdade suprema.

Que possamos, guiados por esses ensinamentos, abrir nossos olhos para a verdade mais profunda: Deus não está distante, mas presente em cada partícula do universo. Que aprendamos a ver o Divino em cada ser, em cada circunstância, e a oferecer nossas vidas como uma expressão de devoção. Na visão da Vedanta, a criação inteira é um reflexo do Amor Supremo. Que possamos viver com esse conhecimento no coração, reconhecendo que somos, e sempre fomos, um com o Divino.

***

Fala Krishna: Sabe, portanto, ó príncipe que, se mantiveres a mente focalizada em mim, com firmeza e constância; se praticares yoga e sempre te refugiares a mim, terás perfeita compreensão de mim e chegarás a mim.

Então te infundirei a minha sabedoria; conhecerás também as leis do mundo dos fenômenos externos, e nada mais te faltará a conhecer.

Entretanto, no meio de milhares de homens maus se encontra um que, seriamente, vai em demanda da verdade. E, mesmo entre os que buscam a verdade e a atingem, raras vezes se encontra um que, de fato, saiba que eu sou a Realidade[51].

Terra, água, fogo, ar e éter, vida, intelecto e espírito – tudo isto são revelações do meu ser.

Tudo isto são aspectos finitos da minha infinita Realidade; mas nada disto é minha Essência Cósmica, que é a Consciência Vital pela qual todo esse Universo visível é sustentado.

Tudo aquilo são córregos no mundo das existências – eu, porém, sou a Essência de tudo quanto existe; eu sou o princípio dos mundos e sou o seu fim.[52]

Não existe nada mais alto do que eu, ó príncipe, nem há outro senhor ou *creador.*

Todos os mundos estão enfiados em mim, assim como as pérolas unidas por um fio. Eu sou o sabor da água que bebes; eu sou o fulgor da lua e do sol; eu sou o AUM dos cânticos sacros dos Vedas; eu sou a harmonia dos espaços; eu sou a força *procreadora* dos homens.

---

51 Este princípio básico do verdadeiro monismo universal latente em todas as grandes religiões e filosofias, sobretudo no Evangelho do Cristo, é compreendido por pouquíssimos que se dizem discípulos dos grandes mestres espirituais da humanidade: a **imanência** da essência divina em todas as existências do Universo. Tanto o dualismo ocidental como o panteísmo oriental ignoram esta grande verdade, que Krishna enuncia.

52 "Eu sou o princípio e o fim, o Alfa e o Ômega" (Apocalipse). Alfa e Ômega são a primeira e a última letra do alfabeto grego. "Eu sou o Amém" – esse "Amém" é idêntico ao "AUM", o sacro trigrama do Oriente.

Eu sou a fragrância da terra; eu sou o brilho do fogo; eu sou a vida de todos os vivos.

A santidade de todos os santos; eu sou a semente da imortalidade, a sabedoria dos sábios e a inteligência dos inteligentes.

Eu sou a magnificência naquilo que é magnífico; a força dos fortes, livre de apego; eu sou o amor dos amantes, o amor puro que não é proibido por lei alguma, ó príncipe.

O que a Natureza distribui em formas fugazes – consciência, força e matéria[53] - recebe-o de mim; eu estou nessas formas, mas eu não sou por elas imitado.

Iludido pelos três atributos da Natureza, que se revelam em todas as coisas, o mundo não me conhece a mim, o Imutável, que estou acima de todas elas.

Difícil, ó príncipe, é romper o mágico véu que Maya[54] teceu em torno de todas as coisas e que encobre a minha face; mas quem me enxerga em tudo e sem reserva se entrega a mim, esse supera as limitações de Maya.

Os malfeitores, os tolos, não se voltam a mim, nem aqueles que alimentam desejos vis, nem aqueles que, no vasto cenário da Natureza, só enxergam o drama, mas ignoram o seu autor.

---

53 Em sânscrito "as três **gunas**", que são: *sattva* (verdade, ou espírito), *rajas* (intelecto) e *tamas* (sentidos, ou matéria).

54 **Maya** é a Natureza visível, que é *maha-ya* (grande afirmação, uma grande revelação de Brahman), mas que para os profanos se converte em "ilusão". Se Maya é **ilusão** ou revelação, isto não depende de Maya, mas sim do homem que a contempla, com ignorância ou com sapiência. Neste sentido, diz a filosofia oriental que a Natureza é como a teia da aranha, que tanto **revela** como **vela** (encobre) a aranha – assim como Maya revela Brahman, mas ao mesmo tempo o vela; a Natureza manifesta e oculta a Deus.

Quatro são as classes de homens que me buscam seriamente, ó Arjuna: os sofredores, os amantes, os bondosos e os iluminados pela sabedoria.

De todos esses, o que me é mais querido é o sábio, aquele que se entrega totalmente a mim, o Uno; esse me ama acima de tudo, e por isto eu o amo acima de tudo.

Todos os quatro são bons e todos vêm a mim; mas o sábio que totalmente se entrega a mim é como o meu próprio Ser, repousando com toda a alma em mim como em seu termo final.

Após muitos renascimentos, seja aqui ou em esferas superiores, ingressa ele em meu Ser; mas raras vezes se encontra entre os homens um tão grande em espírito e alma que possa dizer em verdade: Vasudeva[55] é o Ser onipresente, ele é o Todo.

Mas, quem abandona a luz da verdade e, seduzido pelo prazer, serve a outros deuses, ingressa na natureza daquilo que ama, porque semelhante sempre se une a semelhante.

Sejam quais forem os deuses a que seu coração sirva, sempre sou eu o escopo da fé que o anima.

Em virtude dessa fé adere ele ao objeto que demanda e se identifica com a natureza dele – mas a verdadeira natureza de cada ser sou eu, a imanente Realidade de todas as coisas.[56]

55 Outro nome para Krishna, que, na sua Essência divina, é o Todo, o Onipresente e Imanente em todos os seres individuais.

56 Nestes tópicos reafirma a *Bhagavad Gita* a verdade fundamental de toda a filosofia e religião: que a Realidade Infinita e Transcendente é finitamente imanente em todos os seus efeitos ou *creaturas* do Universo. Para encontrar essa suprema Realidade (Deus) não é necessário que o homem saia do mundo dos fenômenos transitórios, como pensam os dualistas, mas que penetre mais profundamente no último reduto desse mundo e descubra o Invisível nos

Limitada é a visão dos que demandam coisas finitas, e finita é a sua recompensa; quem cultua deuses vai ter com eles – mas quem cultua a mim em verdade, esse vem a mim.

Pensam os insensatos que o mundo manifesto e visível seja a essência das coisas; é porque ignoram o Imanifesto e Invisível, que não é limitado por nenhuma das suas manifestações.

Velado pelo esplendor das minhas próprias manifestações, eu, o Espírito, não sou revelado a todos; e os iludidos me desconhecem, a mim, o Eterno e o Invisível.[57]

Eu, ó Arjuna, conheço tudo que foi, é e será – mas nenhuma consciência objetiva me conhece a mim.

Ó forte herói! os grandes inimigos do conhecimento da verdade são o apego e a aversão; são os contrastes dos opostos, que levam o homem ao caminho da ilusão.

Mas quem evita o mal e pratica o bem, aquele cuja mente se libertou totalmente da ilusão da dualidade e me cultua com firmeza de fé, esse é meu.

E aquele que a mim se refugia liberta-se do karma dos nascimentos, da velhice e da morte, e me reconhece por Brahman, o Espírito Supremo.

Esse sabe que eu sou a Alma de todas as almas, a Essência em todas as existências, a Realidade neste mundo de aparências, a suprema Divindade de todos os deuses. Quem me reconhece como tal ama-me, e, ao perder o corpo material, vive na consciência do seu Supremo espírito.

---

visíveis, o Eterno nos temporários, a Realidade no meio das aparências, o *Creador* em todas as *creaturas*. É esta a gloriosa conquista dos místicos e videntes, como Francisco de Assis e outros: viam a Deus em todas as suas obras.

57 Idem.

8
Integração na Suprema Divindade

Sri Prem Baba: No oitavo capítulo da Bhagavad Gita, Krishna nos leva a refletir sobre os mistérios do destino final da alma e o caminho para a libertação suprema. Ele responde às dúvidas de Arjuna sobre a natureza do Supremo, o ciclo de nascimento e morte, e como a prática espiritual nos prepara para transcender as limitações do mundo material. Este capítulo é uma ponte entre o finito e o infinito, oferecendo ensinamentos sobre como nos alinharmos com o eterno enquanto vivemos neste plano transitório.

O momento da morte é um portal decisivo. O estado da mente no momento do falecimento determina o próximo destino da alma. Por isso, a vida inteira é uma preparação para esse momento. Por isso, devemos cultivar uma mente focada no Divino, de forma que, ao deixar este corpo, possamos alcançar o plano superior e a união com o Supremo.

É para isso que nos esforçamos em lembrar constantemente os Nomes do divino e em manter o coração fixo no Supremo. Ao dirigir nossos pensamentos e ações para Deus, transcendemos as influências do ego e do karma, e nos aproximamos da liberação. Aquele que medita em Deus no último momento da vida não retorna mais ao ciclo de nascimento e morte (samsara), mas alcança a morada eterna.

A visão da Vedanta ressoa fortemente aqui, pois Krishna nos lembra que este mundo é transitório, uma manifestação da energia divina (maya), e que apenas o Atma – a essência divina dentro de nós – é real e eterno.

Outro ponto central deste capítulo é a prática de bhakti yoga – a devoção amorosa ao Supremo. Krishna ensina que a entrega total ao Divino é o meio mais direto para a liberação. Ele nos convida a viver com a mente constantemente voltada para Ele, oferecendo cada pensamento, ação e emoção como uma oração. A devoção dissolve o ego e nos conecta com o amor eterno que transcende o nascimento e a morte.

Aquele que busca pelo Supremo com coração puro e fé inabalável alcança a morada eterna. Que possamos, à luz desses ensinamentos, viver cada momento como uma preparação para a eternidade. Que nossas vidas sejam uma oferenda constante, guiadas pela devoção e pela lembrança do Divino. Assim, encontraremos a verdadeira liberdade, transcendendo o ciclo de nascimento e morte, e nos unindo à luz eterna que habita em nossos corações.

***

Fala Arjuna: Que é Brahman? O que é Eu Supremo? O que é a Alma de todas as almas? O que é a Essência em todas as existências? O que é a Realidade neste mundo de aparências?

E como é que tu és a suprema Divindade em todos os deuses? Como é que, após a morte corporal, vive a consciência em teu Espírito?

Fala Krishna: Eu sou Brahman, o Único, o Imperecível. Esse Brahman, o Supremo Eu, é a alma de todas as almas. O que nasce de mim e é a causa de toda a evolução chama-se karma[58], a atividade cósmica.

Quando eu me revelo nos diversos seres, sou chamado de o Universo dos fenômenos visíveis; sou então o Brahman imanente em tudo, o Espírito que habita em todas as coisas. Eu sou a força *creadora* em todas as *creaturas*.

E aquele que deixa a vida mortal e mantém o pensamento fixo em mim, somente esse, liberto dos vínculos da carne, entra no estado da minha suprema Realidade.

Aquele, ó filho de Kunti, que, ao separar-se do corpo material, mantiver a consciência focalizada no mundo carnal ou espiritual, atingirá aquele estado com o qual estiver identificado; porque cada um se assemelha ao que ama.

Traze-me, pois, sem cessar em teu coração e age com valor, na certeza de que também tu me alcançarás, se de mente e alma permaneceres firmado em mim.

Pois todo aquele que se consagrar integralmente a mim, e não servir a outros deuses, entrará no meu Ser Divino, integrado no meu Espírito.

Em mim, o Onisciente, o Eterno, que governa todos os estados de consciência, que tudo preserva, embora mais imponderável do que

58 Karma – literalmente "ação" – significa a lei de "causa-e-efeito" ou da causalidade, lei que se refere todos os mundos finitos e da qual o homem se liberta tão-somente pela força do espírito, ultrapassando a tirania do *sansara* (agitação) e entrando na gloriosa liberdade do nirvana (quietação). Nirvana é o eterno **viver**, sem **nascer** nem **morrer**. Mas a vida só consegue superar nascimentos e mortes se atingir o zênite da sua força e plenitude. É esta a meta, o destino final, do homem e de todos os seres conscientes e livres.

os imponderáveis; eu, o autolúcido como o sol, transcendente a todas as limitações da dualidade.

Esse homem alcançou a vida verdadeira, imortal na própria morte; porquanto o seu espírito derrotou a morte; esse homem ingressa em mim, em minha paz.

É ali que se consuma a grande obra, no meu céu, repouso dos sábios. Atingir esse estado é perfeição, é a meta de todo o conhecer e o destino de todo o amor.

É esta a senda suprema trilhada por todo homem que fecha os olhos ao mundo objetivo, que domina o seu coração e, pela força vital do *Prana*, aspirado e focalizado entre as sobrancelhas, silenciosamente proferir o eterno aum na consciência de Brahman.[59]

Ao deixar o corpo mortal, com a consciência firmada em mim, esse homem tem a certeza de ingressar em mim.

Fácil é atingir suprema perfeição quando o homem anda na minha presença, constantemente consciente de mim, em todos os caminhos da sua vida e alheio a outros deuses.[60]

---

59 Muitas vezes se refere a filosofia oriental a essas práticas esotéricas e, sobretudo, à prolação do sacro trigrama AUM ou outro mantra. Mantras são palavras *creadoras* que realizam o que significam, quando proferidas por pessoa idônea e devidamente receptiva para essa vibração ou verbo sacramental. Esses mantras são símbolos materiais onerados de um simbolizado espiritual, provindo do seu autor; e esse simbolizado ou conteúdo espiritual atua poderosamente sobre quem profere o mantra com a devida receptividade interna, causando nele o que lhe foi causa. Mas para essa iniciação requer-se um verdadeiro **guru**.

60 **Deuses** – isto é, forças invisíveis, sobretudo a força mental, que tem caráter centrífugo, separatista, anticósmico, e só se integra no grande Todo sob o impacto centrípeto do espírito.

Essas grandes almas, conscientes da sua união comigo, não tornarão a nascer para esta vida perecível de sofrimentos, mas vêm a mim, a eterna Beatitude.

Esses mundos todos, ó Arjuna, mesmo o mais alto plano de existência nos domínios da *creação* cósmica, estão sujeitos à lei do retorno a este plano doloroso – mas quem ingressou em mim está livre desse retorno.

Quem conhece o dia de Brahman de mil *yugas*[61], e a noite de Brahman, de duração idêntica, conhece dias e noites como Brahman os conhece.

Em cada alvorada do dia brahmânico procedem do Imanifesto os mundos manifestos, e em cada ocaso os mundos manifestos voltam ao seio do Imanifesto.

Tudo que é lucigênito perece, ao declinar do sol de Brahman, e novamente nasce, pela força da Natureza, ao despontar do sol.

Para além desse Universo visível e relativo em incessante mutação está o Universo absoluto e invisível, vida imperecível, quando céus e terra perecem.

É esta a vida do Imanifesto, o Ilimitado, o Perfeito, o Todo, o Eterno – quem atingir esse estado não voltará ao mundo objetivo.[62]

---

61 Um *maha-yuga* (grande ciclo) são 4.320.000 anos nossos; um dia brahmânico são 1.000 *maha-yugas*, ou seja 4.320.000 de anos. Mas o sentido simbólico é o de uma duração inconcebível, como o termo *aion* ou **eternidade** na Bíblia.

62 O **Imanifesto** é o estado de pura Potencialidade ou Essência – o **Manifesto** é o estado da Atualidade ou Existência. A Realidade Integral não é isto nem aquilo, disjuntamente – mas é isto e aquilo, conjuntamente. A Divindade (Realidade) é Ser e Existir, Potência e Ato, Causa e Efeito, Passivo e Ativo, Imanifesto e Manifesto, porque é o TODO, o UNIVERSO.

E isto, ó príncipe, sou eu, o verdadeiro Ser, o Espírito Supremo, em que radica a essência e a vida de toda *creatura* – e esse estado é atingido por todo homem que sem reserva se entregar a mim.

É esta a mais alta sabedoria, que é melhor do que a leitura de livros sacros, melhor também do que sacrifícios e mortificações – quem atinge essa sabedoria entra na paz eterna.

O fogo, a luz, o dia, a quinzena luminosa da lua crescente, os seis meses da passagem do sol pelo norte – se o *yogi* partir daqui durante esse período vai ter com Brahman.

O fumo, o tempo noturno, a quinzena tenebrosa da lua minguante, os seis meses da passagem do sol pelo sul – se o *yogi*, durante esse período, receber a luz da lua, tornará para a terra.[63]

São estes os dois caminhos invariáveis do mundo: um é a senda da iluminação e da sabedoria – o outro, a vereda das trevas e sabedoria – o outro, a vereda das trevas e da ignorância. Por um recebe o homem autolibertação – por outro, autolimitação.

Ó filho de Pritha! conhecedor desses dois caminhos, o *yogi* não se ilude jamais. Pelo que, ó Arjuna, sê tu um *yogi* para sempre!

63 Para compreender devidamente essa linguagem simbólica necessita o iniciando de um verdadeiro Iniciado.

9
Santificação Interna Pelo Ministério Sublime

Sri Prem Baba: Também conhecido como o capítulo do Yoga do Conhecimento Real e do Mistério Supremo, aqui Krishna compartilha com Arjuna os ensinamentos mais profundos e confidenciais sobre a natureza divina, a devoção e o caminho para a libertação. Este é um convite para nos abrirmos ao amor incondicional e ao reconhecimento de que Deus habita em tudo, sustentando o universo com Seu poder e graça.

Ele é a essência de tudo o que existe: o fundamento do universo, o criador, o sustentador e o destruidor. No entanto, Ele não está limitado por nada disso; permanece além, intocado pelas dualidades da criação. Esse ensinamento ressoa com a visão da Vedanta, que afirma que Brahman – o Divino – é ao mesmo tempo imanente (presente em tudo) e transcendente (além de tudo).

Ele nos ensina que o mundo material é sustentado por Sua energia, mas que Ele não está preso a essa criação. Tudo se manifesta Nele, mas Ele permanece pleno, ilimitado e independente. Krishna nos convida a ver a vida como uma expressão divina, reconhecendo que cada ser, cada evento e cada objeto é uma manifestação de Sua presença amorosa.

Aquele que busca o divino com amor e sinceridade, mesmo que não seja perfeito ou erudito, alcança Sua graça. A devoção não exige conhecimento intelectual ou renúncia extrema, mas sim um coração puro e uma entrega total. Ele aceita qualquer oferenda – um fruto, uma flor, ou até mesmo uma simples gota de água – se for feita com amor genuíno.

Embora pareça que existem muitas formas de adoração e muitos caminhos, todos eles levam a Ele. A essência de qualquer prática espiritual é o amor e a entrega, e é isso que dissolve o ego e nos une ao Supremo.

O Divino não julga, mas acolhe com amor todos aqueles que desejam se transformar e retornar à verdade. Tudo o que você fizer, tudo o que oferecer, tudo o que consumir ou renunciar, faça como uma oferenda a Deus.

Que possamos, como Krishna nos inspira, viver nossas vidas como um ato de devoção, vendo o Divino em tudo e oferecendo cada pensamento e ação ao altar do amor supremo. Que possamos transcender a ilusão de separação e descobrir que o Reino de Deus não está fora de nós, mas pulsa em nossos corações.

***

Fala Krishna: A ti, cuja alma se libertou das contraditórias armadilhas da mente, revelo-te a suprema sabedoria, o secreto poder do autoconhecimento, que te fará viver em perfeita liberdade no meio dos variáveis fenômenos deste mundo material.

Profunda é a doutrina, excelsa a sapiência a cuja luz todo ser humano é purificado dos seus pecados; mas é facilmente compreensível para os que a acolhem em seu coração, como fazem os grandes sábios e os divinos lucíferes, os que a praticam e jamais lhe esgotam o conteúdo.

Mas, a quem falta a fé e a verdade desta doutrina, esse volta ao mundo da morte ao confuso ciclo da Natureza.

Por mim se expandiu o panorama do cosmos, mas nem para todos sou manifesto. Por meu poder se plasmaram as coisas, e estão em mim, eu, que eternamente fui e sou.

Mas elas não residem no meu Supremo Ser[64] - interroga o teu íntimo Eu para saberes o que significa esse mistério! O meu espírito *crea* tudo que quer – e, no entanto, eu sou sempre livre de tudo.

Assim como os ventos se movem livremente no espaço, e o espaço é eternamente imóvel, assim se movem os mundos rumo à luz – mas eu não sou esses mundos que se movem.

Toda vez que o ciclo de uma era cósmica termina, retorna a Natureza à sua origem; e, quando o meu poder emite o verbo *creador*, reinicia-se o curso dos fenômenos do mundo.

Pela força interna do meu Ser sempre de novo me revelo ao mundo objetivo; por meu querer se desdobra a Natureza e novas formas entram em existência.

Por nenhuma das minhas obras estou limitado; desejo algum ou fato algum me prendem. Sem cessar produz o meu espírito os mundos, mas eu repouso eternamente em mim mesmo.

O meu espírito é a lei, que todas as coisas faz existir e não existir; é o meu espírito que tudo produz da Natureza, e é esta a razão por que o mundo evolve.

---

64 O mundo causado é a **existência**, mas não a **essência** causante de Brahman. Como existência, é Deus imanente em todas as *creaturas*; como essência, é ele transcendente a todas – é este o grandioso monismo universal da Divindade, equidistante do dualismo das teologias ocidentais como do panteísmo de certas filosofias orientais.

Envolto na matéria, como num véu, é meu íntimo Ser dificilmente cognoscível; os insensatos percebem as aparências objetivas e ignoram a presença do meu espírito, que é o imanente quê em todas as coisas.

Vãos em seus desejos e vãos em seus atos, agem esses tolos como animais, demônios e espíritos maléficos.

Mas as almas iluminadas e divinas caminham, confiantes, pela senda da luz e sem reserva se consagram a mim; não anseiam por outros deuses, partícipes que são da minha Divindade.

São eles que me glorificam e adoram, firmemente orientados por meu espírito, profundamente imersos em mim.

Muitos dos que me reconhecem como o Uno, o Indivisível, imanente em todas as coisas, e transcendente a todas, me oferecem o sacrifício do conhecimento.

Eu mesmo sou esse sacrifício e a prece, a oferenda e a bênção da mesma; eu sou a oblação e o perfume e o fogo sobre o altar.

Eu sou o pai e a mãe de todos; eu sou o que gera e o que sustenta, a meta da sabedoria e a purificação; eu sou o sacro AUM, o Rig, o Sama e o Yajur-Veda.

Eu sou o caminho, a meta e o preservador, eu sou o juiz e a testemunha, a casa, a vivenda, o refúgio, o amigo; eu sou o princípio e o fim; eu sou a semente sempre fecunda.

Eu sou o que irradia luz e calor do sol, que dou e nego a chuva. Eu sou a vida imortal, e eu sou também a morte. Eu, ó Arjuna, sou o *Sat* e o *Asat*.[65]

---

65 *Sat* e *Asat* – o existir e o não existir, o positivo e o negativo, o **sim** e o **não**. Deus é a grande **tese** – (posição), anterior às antíteses (contraposições) e à síntese (composição). Dentro

Os que vivem segundo os ritos dos três Vedas e beberam o vinho sacro de Soma[66] e forem livres de pecado, esses são por mim conduzidos ao céu de Indra, onde gozam o alimento dos deuses no reino deles.

E, depois de gozarem as delícias desse céu pelo tempo que mereceram por seus atos bons, voltam a este mundo da morte. E, obedecendo fielmente aos preceitos védicos, serão recompensados conforme os seus desejos, empolgados pelo ciclo de nascimentos e mortes.[67]

Mas os iluminados que só a mim cultuam e não desejam outras coisas, repousando só em mim, o Único, esses alcançam o seu ser em mim.

Quem, de boa-fé e com sinceridade, cultua a outros deuses, por não me conhecer a mim, o Eterno, esse me cultua, e o perfume do seu sacrifício sobe ao meu trono, e eu o aceito.

Pois, quem recebe as oblações e os sacrifícios todos sou eu somente; mas os que não me conhecem na minha Realidade essencial, esses voltam ao mundo do nascer e do morrer.

---

da Natureza causada, bipolarizada aparece Deus como o positivo, a luz, o bem – e como o negativo, como a treva, o mal, como Satanás, o antideus; mas fora da Natureza causada, é Deus o impolar, o neutro, o Universal, para além do bem e do mal, para além do positivo e negativo, para além da luz e da treva. – Mas nós que enxergamos tudo no plano horizontal da **ética**, e não na linha vertical da **metafísica**, temos de conceber Deus como positivo, como luz, bom, a fim de contrabalancear o negativo, a treva, o mal, que já prevalecem em nós e necessitam ser equilibrados pelos seus contrários. O que na Divindade, parece ser **impolar** é, de fato **onipolar**, a grande TESE, o Alfa e o Ômega.

66 O vinho **soma** é o símbolo das ciências secretas, bebido por aqueles que desejam possuir forças mágicas.

67 Estes, como se vê, não entram ainda no **nirvana** da libertação total, porque ainda têm desejos pessoais. Cf. as palavras do Cristo ao jovem rico: "Quem guardar os mandamentos entrará na vida eterna, mas quem renunciar a tudo que tem e me seguir, terá um tesouro nos céus". "Vida eterna" e "tesouro nos céus" não significam o mesmo.

Os que cultuam os deuses vão ter com eles; os que cultuam os *pitris*[68] vão ter com eles; os que cultuam os *bhutas*[69] vão para o plano astral dos seres sensoriais; quem me cultua a mim vem ter comigo.

Quando alguém, com fé e amor, me oferece algo, por menor que seja – uma folha, uma flor, uma fruta, um gole d'água – eu o aceitarei com prazer das suas mãos.[70]

O que quer que fizeres ou deres, ó príncipe – sejam presentes, jogos ou orações – oferece-me todas as tuas oferendas com um coração cheio de devotamento.

De certo, te libertarás da cadeia dos resultados que te prende a este plano inferior, onde se sucedem o próspero e o adverso. Pelo yoga do desapego, entrarás em mim.

Eu sou o mesmo para todos; não amo nem desamo ninguém[71]; os que em verdade me adoram estão em mim e eu estou neles.

Mesmo que alguém fosse pecador, se com indiviso devotamento me adorar, deve ser considerado como bom, porque anseia pela Verdade.

Esse não tardará a achar o caminho certo, descobrirá a imanente divindade de sua alma e entrará no gozo da paz eterna; pois quem se refugiar ao meu coração não perecerá eternamente.

---

68 *Pitris*: almas avançadas de gerações anteriores.

69 *Bhutas*: demônios ou entidades do mundo astral ou elemental.

70 Cf. as palavras do Cristo: "Quem der a alguém um copo d'água frio, por ser meu discípulo, em verdade lhe digo que não ficará sem a sua recompensa!" "O que fizerdes ao menor de meus irmãos, a mim é que o fazeis". Aos olhos de Deus, o que vale não é o objeto, mas sim a atitude do sujeito, porque as **quantidades objetivas** são simples ilusão, ao passo que a **qualidade subjetiva** é realidade. Cf. as duas moedinhas da pobre viúva!

71 De fato, Deus não "ama nem desama" assim como nós amamos ou desamamos; nele não há nenhum desses dois polos contrários; o seu "amar" não é o contrário do "desamar", como no plano humano das antíteses; Deus é a grande TESE, para além do bem e do mal, do amor e do ódio.

E ainda que fosse de origem humilde, e mesmo filho do pecado, seja homem ou mulher, servo ou proprietário – quem aderir a mim anda em veredas excelsas.

Quanto mais, se for um brâhmane consagrado a Brahman, ou um *rishi*[72] com nobreza d'alma. E tu, uma vez que vieste a este mundo falaz, adere firmemente a mim.

Focaliza a tua mente em mim! Centraliza em mim a tua vontade! Reconhece-me como a meta final de toda a tua atividade, como a suprema beatitude da tua vida! E assim, integrando em mim, o teu íntimo Eu, encontrarás paz em meu Ser.

---

72 *Rishi*: vidente, sábio, profeta.

10
Das Manifestações de Brahman no Universo

Sri Prem Baba: Somos levados por Krishna, neste ponto do diálogo, a uma jornada através das manifestações de sua essência divina no mundo material. Aqui, Krishna revela a Arjuna sua forma universal e as diversas maneiras pelas quais sua divindade permeia e sustenta o cosmos. Este capítulo é fundamental para entendermos a onipresença do divino em todas as coisas e a natureza intrínseca de Deus que se manifesta na multiplicidade das formas vivas e inanimadas.

Na vida moderna, onde muitas vezes nos sentimos desconectados do sagrado, o ensinamento de Krishna sobre sua presença em todas as coisas pode nos trazer uma nova perspectiva. Cada átomo do universo, desde a montanha majestosa até o rio sereno, desde os líderes inspiradores até os trabalhadores humildes, carrega uma centelha do divino. Reconhecer essa centelha em tudo e em todos é perceber Krishna em toda a sua glória.

Krishna diz a Arjuna que, de todos os poderosos, Ele é o mais poderoso, sem ser arrogante. Ele é a fonte de toda a força, desprovida de paixão e desejo. Essa revelação nos convida a refletir sobre como encaramos o poder e a influência em nossas próprias vidas. Em um mundo que frequentemente equivale poder com controle e domínio, a Bhagavad Gita nos ensina que o verdadeiro poder reside na capacidade de manter-se firme na verdade e no amor, sem sucumbir aos jogos de ego e manipulação.

Para nós, que buscamos integração e plenitude, este capítulo serve como um lembrete da nossa responsabilidade em reconhecer e honrar o divino que reside em cada um de nós e em nossas interações diárias. Ao fazermos isso, não apenas elevamos nossa existência, mas também contribuímos para a elevação da consciência coletiva.

Que este entendimento inspire você a ver o mundo através dos olhos do amor e do reconhecimento da divindade em todas as coisas. Que você possa se sentir inspirado a buscar não só a sua própria iluminação, mas também a servir como um farol para os outros, refletindo a luz da sabedoria e da compaixão que Krishna nos revela através da Bhagavad Gita.

***

Fala Krishna: Escuta ainda, ó nobre herói, o ensinamento que te ofereço, porque nele te comprazes – e eu desejo conduzir-te pelo caminho certo, no qual está o teu refúgio e tua beatitude.

Os deuses desconhecem a minha origem, nem os sábios conhecem a fonte do meu Ser. Da minha onipotência brotou a multidão dos deuses; do meu seio nasceram os sábios.

Quem compreende a mim, o potente Senhor do Universo, que não tem nascimento nem princípio, esse anda puro no meio dos mortais, liberto da ilusão e iluminado pela luz do espírito.

Intelecto, conhecimento, inerrância, paciência, verdade, prazer, disciplina, sofrimento, repouso, temor, coragem, nascimento e morte, existir e desexistir;

Inocência, renúncia, satisfação, modéstia, bondade, glória – o que quer que seja próprio da *creatura* e lhe dá conteúdo – tudo isto vem de mim.

Os sete sábios, os quatro patriarcas, e também os catorze *manus* que tinham o meu espírito e foram progenitores da humanidade – todos eles nasceram do meu espírito e do meu poder.

Quem traz em si a grandeza do meu espírito e possui a minha força *creadora* – esse é um comigo, em inseparável comunhão – disto não duvides jamais!

Eu sou a origem de tudo e do meu espírito cósmico derivam todas as coisas – o sábio que conhece o meu poder cultua-me com amorosa compreensão.

Ele vive na minha vida, e eu vivo na vida dele; glorifica-me, e eu o glorifico – e assim vive ele, isento de ilusão e repleto da luz de alta sapiência.

Quem me consagra amor, sem reserva e em verdade e reverência me cultua, a esse me comprazo em comunicar-lhe a força da minha sabedoria e minha graça o conduz a mim.

Habitando em seu coração, sou eu mesmo a luz da Verdade, cuja força dissipa as trevas, nascidas da noite da ignorância.

Fala Arjuna: Sim, tu, Parabrahman[73], és a suprema Realidade e absoluta Pureza, o ilimitado Espírito Cósmico.

Isto afirmam todos os videntes, como também Narada, Vyasa, Asita e Devala[74] - todos ensinam o que tu mesmo ensinas: que tu és a Suprema Divindade, sem nascimento, e que permeias todas as coisas.

---

73 *Parabrahman*: o Brahman supremo, transcendente, infinito.

74 Nomes de entidades e espíritos superiores.

E, no entanto, não valem os deuses e espíritos superiores compreender o mistério da tua manifestação cósmica, pela qual te revelas.

Só tu mesmo te compreendes, ó Deus dos deuses, *Creador* de todas as coisas, origem do ser e fonte de toda a vida, tu Senhor do Universo.

Só tu mesmo conheces a tua grandeza, com que amorosamente enches o cosmos, que todas as criaturas exaltam e sem a qual nada é perfeito.

Mas, como posso eu reconhecer o teu próprio Ser, que, em formas sem conta, se manifesta no vasto cenário do céu e da terra; quem és tu mesmo, assim como és em ti?

Em vão me concentro em meditação. Oh! ensina-me, com clareza e precisão, a tua grandeza e a perfeição do teu Ser; porquanto jamais me saciarei da tua sabedoria.[75]

Fala Krishna: Pois bem! Eu te descreverei os meus principais atributos – os principais somente, porque sem limites é a minha plenitude; ser algum me pode conhecer totalmente.

Eu sou a Essência Espiritual que habita nas profundezas da alma e no íntimo de cada *creatura* – o princípio, o meio e o fim de todas as coisas, a sua origem, a sua existência, o seu termo final.

Eu sou Vishnu[76] entre as forças *creadoras*; entre os seres do mundo sideral, eu sou o sol; nos espaços atmosféricos sou a tempestade; entre as luminárias do céu noturno sou a lua.

---

75 O que se segue não é a definição da Divindade, que Arjuna pediu, mas uma descrição dos efeitos visíveis da Causa invisível.

76 *Vishnu*: a segunda manifestação (pessoa) da Trindade brahmânica; corresponde ao **Logos** ou **Verbo** do quarto Evangelho, "pelo qual foram feitas todas as coisas e sem o qual nada foi feito". *Vishnu* é a força *creadora* de Brahman, Deus em seu aspecto dinâmico.

Eu sou o *sama*[77] do livro dos Vedas. No céu das divindades sou o Deus supremo; entre os sentidos sou a mente pensante; entre as forças mentais sou a razão consciente.

Entre os destruidores sou o transformador; entre os grandes sou o gigante; entre os espíritos sou o Espírito supremo; entre os elementos purificadores sou o fogo; entre os montes sou o *Meru*.[78]

Entre os sacerdotes sou sempre o Sumo Sacerdote; entre as forças cósmicas em luta eu sou o general em chefe; entre as águas sou o oceano, que bebe todas as torrentes.

Entre os sábios sou a sabedoria; entre as palavras sacras sou a AUM[79], entre as montanhas sou o Himalaia. Eu sou o enlevo nas preces dos devotos.

No meio das árvores sou a árvore da vida; no meio dos iluminados sou a luz; sou a harmonia dos coros sinfônicos; entre os santos sou a santidade.

Eu sou *uchraishrava*[80] entre os nobres corcéis, o néctar da imortalidade; entre os elefantes sou *airavata*[81], entre os governantes sou o monarca supremo.

Entre os projéteis ígneos sou o raio; entre os animais do campo sou a vaca fecunda[82]; como força *procreadora* sou Kandarpa, o deus do amor; entre as serpentes sou Vasuki, a sede do conhecimento.

---

77 *Sama*: o mais belo dos cânticos dinâmico.

78 *Meru*: o píncaro desse monte é símbolo da visão espiritual e da experiência cósmica.

79 AUM (ou OM): o mais sagrado dos mantras orientais.

80 *Uchraishrava*: o Pégaso, ou cavalo alado, símbolo da inspiração poética.

81 *Airavata*: o mais forte dos elefantes.

82 A vaca é, na Índia, o símbolo da Natureza fecunda e útil.

Entre os dragões sou Ananta, o imortal; entre os seres aquáticos sou Varuna[83] o criador dos mundos. Entre os ancestrais eu sou o patriarca; sou o Juiz supremo entre os juízes.

No jogo dos tempos eu sou a Eternidade; entre as forças ocultas sou a Magia; entre os rapineiros das selvas sou o leão; entre os voláteis do espaço sou a águia.

No reino dos ares sou a liberdade; entre os guerreiros sou a vitória; entre os animais que habitam as águas sou o crocodilo; entre os rios sou o Ganges.

Eu sou o princípio, o meio e o fim do Universo, a sua essência real e a sua existência aparente. Eu sou a sapiência dos sapientes, a vidência dos videntes, o verbo das línguas, a luz dos olhos.

Eu sou o "A" entre as letras do alfabeto, o pensamento dos pensadores, a vida dos videntes, o amor dos amantes, o sustentáculo cósmico de tudo quanto existe.

Eu sou o *nascer* que tudo forma, e o *morrer* que tudo transforma. Entre as qualidades femininas sou virtude e beleza, graça e modéstia, eloquência e paciência.

No coro dos hinos eu sou o cântico dos cânticos; entre as palavras sacramentais eu sou o sacro *gayatri*[84]. Dos meses lunares sou o primeiro; entre as estações do ano sou a sorridente primavera.

---

83 **Varuna**, a mãe da água. Desde a antiguidade (muito antes de Tales de Mileto) é a água considerada como o elemento básico e *creador* de todas as coisas.

84 *Guaytri*: mantra de evocação e invocação divina.

Entre as forças sutis eu sou o imponderável, neste mundo de dualidade; sou o fulgor das coisas fúlgidas, a bondade dos corações bondosos, a grandeza dos grandes e a vitória dos vitoriosos.

Entre os poderosos do mundo eu sou Vasudeva, o Senhor do Universo. Entre os sábios sou representado por Vyasa, o príncipe dos poetas.

Eu sou Deus em tudo, a força dos fortes, a beleza dos belos, a astúcia dos astutos, o saber da inteligência dos sapientes; sou o silêncio, onde habita o mistério de Deus.

No seio de cada coisa sou a semente do ser; não há nada, animado ou inanimado, que tenha existência separada de mim.

Ó Arjuna! sem limite é a plenitude do meu Ser, imensa a minha grandeza. O que te disse não passa de pequenina parcela.

Onde quer que haja algo glorioso ou belo, bom ou poderoso, no Universo da *creação*, sabe, ó príncipe, que é um reflexo da minha glória.

Mas, Arjuna, por que prosseguir nessa enumeração? Basta saber que em todas as coisas está o meu divino EU; do meu Ser emanou o Universo todo, como manifestação da minha divina Essência.

11

A Visão da Forma Cósmica

Sri Prem Baba: Te convido agora a ser testemunha de um dos momentos mais sublimes e reveladores desta escritura: a manifestação da forma cósmica de Krishna. Este capítulo nos desafia a expandir nossa compreensão de Deus, que transcende as formas e imagens que a mente humana habitualmente consegue conceber.

Krishna, atendendo a um pedido de Arjuna, revela sua forma universal, mostrando que Ele é muito mais do que um amigo e conselheiro no campo de batalha. Ele é o infinito, o eterno, o onipresente; aquele que está além do tempo e do espaço. Arjuna vê em Krishna todos os universos e seres, o passado, o presente e o futuro, a criação e a destruição. É uma visão que é ao mesmo tempo maravilhosa e aterrorizante.

Na vida contemporânea, muitas vezes nos perdemos nos detalhes minuciosos do cotidiano e nos esquecemos da vastidão que é a existência. Este capítulo nos lembra que, apesar de nossa aparente separação e individualidade, somos todos partes de um todo divino, interconectados através do cosmos que Krishna personifica. Esta é uma chamada para reconhecer nossa unidade fundamental com toda a criação.

Para o buscador espiritual, o capítulo 11 é um convite para transcender as limitações do ego e experimentar a realidade última. Ele nos pede para olhar além das aparências e ver o divino que permeia tudo. Esta visão é crucial para o desenvolvimento espiritual, pois nos liberta do medo e do apego, conduzindo-nos à verdadeira liberdade.

Que a leitura deste capítulo inspire você a buscar uma compreensão mais profunda do mistério que é a vida. Que a visão da forma universal de Krishna não apenas o ilumine, mas também dissolva as barreiras de separação que você possa sentir em relação ao mundo ao seu redor. Que você possa viver com a plena consciência de que tudo o que existe é uma expressão do divino.

Que esta visão universal seja a luz que guia seus passos no caminho da compaixão, do amor e da realização espiritual.

***

Fala Arjuna: Dissipou-se a noite da minha ignorância, a mim se revelou o grande mistério! O que me disseste de *Adhy-atman*[85] me libertou das algemas do erro.

---

85 *Adhy-Atman* (ou *Adi-Atman*), palavra sânscrita que significa literalmente o "primeiro" (*adi*) "Eu" ou a primeira "alma" (*atman*). **Eu** ou **Alma** representam a forma individual consciente da suprema Realidade Universal.

Esse *Adhy-Atman* veio de Deus, "no princípio", isto é, no início dos tempos, porque antes de haver individuação do Universal não havia tempo, só havia eternidade. Com o *Adhy-Atman* começa o tempo. "Pai, glorifica-me agora com aquela glória que eu tinha em ti antes que o mundo existisse" – com estas palavras se refere o Cristo encarnado ao seu então pré-telúrico do Cristo Cósmico, confirmando aquelas outras "antes que Abraão fosse feito eu sou". Esse "Eu" se refere ao Cristo Cósmico, anterior à encarnação do ego humano em Jesus de Nazaré.

Nas primeiras páginas do Gênesis aparece a palavra **Adão**, contração das palavras sânscritas *adhy-aham* (ou *adi-aham*), que significa "o primeiro ego". ***Aham*** ou **ego** significa um indivíduo dotado da consciência intelectual da pessoa, em seu primeiro estágio evolutivo, acima da subconsciência animal-vegetal-mineral. Adão ou *Adhy-aham* é o qualificativo que o autor do Gênesis dá ao primeiro ser individual ego-consciente que apareceu sobre a face da terra. Quando esse sub-ego do "Éden" passou para o ego consciente da "serpente", foi ele expulso, em virtude dessa sua evolução, do paraíso terrestre do seu estado subconsciente; comeu "do fruto da árvore do conhecimento do bem e do mal"; de inconsciente ou subconsciente, se tornou ego-consciente – mas ainda não Eu-consciente, porque ainda não comeu "fruto da árvore da

Revelaste-me, ó Mestre excelso, a origem e o fim de todas as coisas; fizeste-me ver que todos os seres só têm existência em ti e que tu és a essência de todos eles.

E, contudo, apesar de me teres declarado a tua divina essência, desejaria conhecer-te na forma existencial acima de todas as miragens deste mundo fenomenal.[86]

Sim, pois, me julgares capaz de te contemplar em teu supremo esplendor, ó Onipotente, mostra-me a tua face e revela-me o teu excelso Eu Cósmico.

Fala Krishna: Contempla, pois, ó filho da terra, a mim como o Uno através de formas múltiplas, centenas e milhares de cores e figuras, numerosas como as estrelas do céu.

Contempla as entidades celestes, os espíritos e anjos, os demônios, forças cósmicas que sobem e descem e se desdobram em fascinantes deslumbramentos.

Contempla, como um Todo harmonioso, o Universo inteiro na epopeia das suas formas tudo isto é meu corpo, e eu sou o seu espírito – seja o que for, tudo está em mim.

---

vida", que continua, inatingida, no Éden, até que a "serpente" horizontal do ego seja "erguida às alturas" da "serpente" vertical do Eu crístico, na linguagem esotérica do próprio Cristo.

O livro do Gênesis, escrito por Moisés, depois de 40 anos de solidão introspectiva nas estepes da Arábia (e, quiçá, nas montanhas da Índia), é um dos mais profundos documentos esotéricos da humanidade, infelizmente reduzido a uma ficção pelos desastrados intérpretes esotéricos das teologias cristãs.

86 Isto é, na forma intermediária entre a Divindade sem forma e as formas inferiores do nosso mundo material; na "Forma Cósmica" da mais alta individuação do Universal – o "Cristo Cósmico" anterior à encarnação telúrica, o divino "Logos" ou "Verbo", antes de se fazer carne em Jesus.

Mas, com os olhos do corpo não podes contemplar o meu divino Ser; pelo que te abrirei o olho do espírito – contempla agora a minha natureza mística![87]

Fala Sanjaya: Depois de assim ter falado, o Senhor dos mundos se revelou ao filho da terra em sua própria Forma Cósmica, como soberano que abrange o Universo total.

Em aspectos vários, em múltiplos graus de consciência, glorioso, polimorfo, revestido de todos os esplendores celestes, preenchido de todas as energias do cosmos.

Detentor da natureza divina, ornado de todos os ornamentos do céu, envolto em perfumes – um ser maravilhoso, onividente, repleto de luz e de amor.

Se mil sóis surgissem no horizonte, não seria a sua luz comparável ao fulgor que o olho espiritual de Arjuna contemplou.

O que o filho de Padu contemplava era o Universo Integral, móvel e imóvel, uno em seu ser e múltiplo em seu existir, suprema harmonia de corpo e espírito.

Transido de pasmo e delícia, caiu Arjuna por terra, baixou a cabeça em adoração perante o Deus da revelação cósmica, e, de mãos postas, assim falou:

---

87 A iniciação espiritual está intimamente relacionada com esse abrimento do "olho simples", chamado também o "olho místico", o "olho da Shiva", o "olho do Cristo", cujo veículo material se acha localizado na base da testa, entre as sobrancelhas. "Se o teu olho for simples – diz o Cristo – todo o teu corpo está cheio de luz". Este texto esotérico do Evangelho é um enigma para os teólogos e exegetas profanos. Profeta, apóstolos, místicos, videntes, filósofos, rishis, mahatmas, quando ultrapassam as barreiras de tempo e espaço, convergem todos no conhecimento da mesma verdade suprema. Os iniciados em Kriya-yoga conhecem esse mistério. É o **arreta remata** (ditos indizíveis) que Paulo de Tarso ouviu no "terceiro céu" (*samadhi*).

Ó Deus! em teu corpo cósmico vejo todos os deuses e todos os seres em vários estágios de evolução; vejo Brahman, o *creador*, vejo os excelsos sábios e os espíritos de fogo.[88]

Cheios de braços e de seios sem conta[89] para nutrirem o mundo inteiro; vejo-te também munido de muitos olhos – não enxergo princípio, nem meio, nem fim.

Vejo-te com coroa, clava e escudo, mas nada diviso nitidamente, porque o oceano dos teus esplendores, que despedem raios para todos os lados, me ofusca a visão.

Tu és o Uno, a meta suprema do conhecimento e o coração do Universo, o guardião da Lei imperecível, o eterno fundamento de tudo quanto existe.

Sem princípio, sem meio e sem fim, eterno em teu poder e teu agir; o sol e a lua são teus olhos, a tua face é como um fogo ofuscante.

Enches de luz os espaços cósmicos, e teu amor acalenta o mundo, porquanto os céus e as regiões do espaço estão cheios da tua glória.

Se te mostras em tua forma terrífica, tremem os três mundos, fogem os deuses, e as turbas dos *rishis* clamam, de mãos postas: "Faça-se a tua vontade, ó Poderoso, e estabeleça-se a paz!"

Todos te glorificam, ó Santo, todos: Adityas, Rudras, Vasus, Sayas, Ashvins, Maruts, Ushampas, a multidão dos Gandharvas, dos Yakshas, dos Asuras e dos Siddhas.[90]

---

88 Em sânscrito *salamandras ígneas*, que são os "serafins" ou "serpentes de fogo", simbolizando as mais altas inteligências do cosmos.

89 Braços e seios simbolizam força e nutrição.

90 Nomes das diversas hierarquias de entidades superiores e inferiores do mundo invisível – anjos, demônios etc. Cf. palavras de São Paulo: "Em nome do Cristo (Cósmico) se

Em grande número te rodeiam e, perplexos em face da tua forma que abrange o cosmos, os mundos contemplam a tua majestade, com temor e tremor – e dentro de mim me treme o coração.

Vejo o teu Ser expandir-se pelo céu acima, radiando em inúmeras cores flamejantes. Aterram-me, ó Vishnu, a tua boca aberta e teus olhos de fogo – lá se foram a minha coragem e a minha paz!

Incêndios cósmicos irrompem as tuas faces – desmaio de pavor – tem piedade de mim, Senhor dos mundos!

Os filhos de Dhritarashtra juntamente com os exércitos dos reis e dos heróis, Bhishma, Drona, Suta e Karma, com o escol dos nossos guerreiros.

Todos eles somem nas terríveis faces, nesse abismo eriçado de dentes – ai! quantos vejo, de membros dilacerados, suspensos por entre esses dentes pontiagudos!...[91]

Quais torrentes em veloz demanda do mar, assim vejo a flor dos nossos heróis a precipitarem-se, irresistíveis, nas fauces hiantes de fogo...

Como as mariposas alucinadas pela luz encontram morte súbita na chama, assim vão esses mundos, sem cessar, ao encontro da destruição...

Deglutindo, com teus lábios de fogo, devoras todos os mortais; tua luz pervade os mundos, Senhor, e teus raios aniquilam todos os povos.[92]

---

dobrarão todos os joelhos, dos que estão no céu, na terra e nos ínferos, confessando que o Cristo é o Senhor".

91 Para as faculdades do homem telúrico causa a visão do Cristo Cósmico, no princípio, essa impressão de terror e destruição, porque "Deus é um fogo devorador; ninguém o pode ver e ainda viver" (Bíblia).

92 Deus é tanto *Vishnu* como *Shiva*, a luz da vida e o fogo da morte, tanto o *creador* como o destruidor, como o descreve o Apocalipse, cujo paralelo vem descrito neste drama de luz e trevas.

Quem és tu, nessa forma terrífica?... Curvo-me diante de ti... De todo o coração anelo por conhecer-te – mas não compreendo a tua revelação...

Fala Krishna: Eu sou o tempo eterno, o destruidor dos mundos; eu destruo qualquer gênero humano; de todos os guerreiros que aqui contemplas não sobreviverá um só.

Ergue-te, pois, e reveste-te de coragem! Conquista vitória, e glória! O meu poder já derrotou o inimigo – seja o teu braço apenas o instrumento do meu poder!

Esmaga-os todos. Drona e Bhishma, Jayadratha e Karma e todos os demais guerreiros valentes. Eu já os matei. Não temas! Lança-te à luta – e serás vencedor![93]

Fala Sanjaya: Depois de ouvir estas palavras, ergueu Arjuna as mãos com reverência ao Senhor dos mundos, e, repleto de temor, com os lábios trêmulos, assim falou a Krishna:

Fala Arjuna: Com razão, ó Krishna, exulta o mundo em tua luz e glória. Fogem espavoridos, os gigantes, e os pigmeus tombam a teus pés.

Só a ti compete a glória, ó Soberano dos mundos; mais alto que Brahman, o *creador*, és tu a Causa primeira, o Ser Supremo, o Deus dos deuses que habitam o Universo. Tu, o Uno, que existes e inexistes, porque transcendes um e outro.[94]

---

93 Não admira que, em face de tão insistente convite, muitos vejam, nestas palavras de Krishna, um apelo para a "guerra justa" – quando, na realidade, este convite se refere à luta do Eu divino no homem contra seu ego humano. Cf. "O reino dos céus sofre violência, e os que usam violência o tomam de assalto". "Eu não vim para trazer a paz, mas sim a espada".

94 A Divindade não **existe** nem **inexiste**, mas simplesmente *siste*, ou **é** porque o Ser Absoluto está para além das polaridades do mundo fenomenal. A Divindade é a grande **Tese** (neutra), da qual os mundos são pequenas **antíteses** (positiva e negativa), que, no plano consciente,

Tu és o Deus supremo, a primeira Divindade, o Ser terno, o sublime refúgio do Universo. Tu és a Verdade autocognoscente, sem forma, permeando todo o cosmos.

Tu és Vayn, o vento; Yama, a morte; Agni, o fogo; Varuna, a chuva; Sasanka, a *creação*; Prajapti, o Senhor de todos os seres. Salve! salve, sem cessar!

Louvor e saudação a ti, de cima e de baixo e de todos os lados! Poder infinito, força sem fim, tu és o Todo que tudo sustentas.

Se te tratei confidencialmente, como amigo, e te chamei "Krishna", "Yadava", "Companheiro", levado por inadvertência, simpatia ou ignorância da tua majestade.

Se não te tratei com suficiente reverência, ao sentar-me, ao andar, ao deitar-me, ao levantar-me, a sós ou em sociedade – perdoa-me, ó inescrutável Soberano!

Tu, pai de todos os seres, móveis e imóveis; tu, o único Adorável; tu, Mestre supremo! Não há ninguém nos três mundos, igual a ti – e como poderia alguém superar-te, ó insuperável Poder?

Senhor adorável, diante de ti me curvo e, reverente, me prostro em tua presença. Suplico o teu perdão. Assim como o pai perdoa ao filho, o amigo ao amigo, o amante à amada, assim me perdoa, Senhor!

Exulta o meu coração à vista dos teus prodígios nunca vistos – e, no entanto, enchesse-me de temor o coração... Em forma diferente desejaria ver-te, ó Misericordioso.

podem culminar na **síntese** da imortalidade do indivíduo humano. Quem, pelo poder da intuição, ultrapassa a zona das análises mentais, sabe que a Divindade é **Yahveh**, "aquele que é", para além de todo o existir ou inexistir. Ele é o *Sistir* ou **Ser** universal, para além do tempo e espaço.

Como outrora te via desejaria ver-te novamente, de coroa, clava e escudo, em tua forma cósmica, com milhares de braços, ó Ser infinito!

Fala Krishna: Pelo místico poder da minha graça, ó Arjuna, acabo de mostrar-te a forma radiante da minha presença cósmica, como antes de ti nunca ninguém me contemplou.[95]

Nem pela leitura dos Vedas, nem por meio de sacrifícios, nem por estudos, nem por boas obras, nem por austeridades, pode um mortal conhecer-me assim tu acabas de ver-me.[96]

Não te perturbes nem cedas ao temor, pelo fato de me teres contemplado na minha forma terrífica. Afugenta o temor e, de coração alegre, volta a contemplar-me na minha forma benigna de outrora.

Fala Sanjaya: Depois destas palavras, reapareceu Vasudeva outra vez em sua forma normal. E esse aspecto do Maha-Atman[97] na sua forma benigna deu ânimo ao jovem temeroso.

---

95 Isto é, na forma cósmica, pré-telúrica, antes de o Verbo se fazer carne. Ver o primeiro capítulo da epístola de São Paulo aos Colossenses.

96 O ego humano não pode de si produzir essa visão, embora possa e deva preparar o ambiente para que a força da graça divina possa agir. "Quando o discípulo está pronto, o Mestre aparece."

97 Maha-Atman, a "grande alma", é outro nome para Adi-Atman, a "primeira alma" (o primeiro ou supremo Eu), que é o Cristo Cósmico, antes da sua encarnação telúrica. Cf. notas 85 e 86. A lamentável confusão entre o Cristo Cósmico e o Cristo Telúrico (encarnado em Jesus de Nazaré), confusão cometida pelos teólogos da sinagoga de Israel e pelos teólogos das nossas igrejas cristãs, torna impossível a compreensão da verdadeira natureza do Cristo. O Cristo-Jesus é, certamente, idêntico ao Cristo-Cósmico, mas a sua forma é diferente. "Despojou-se – escreve São Paulo aos cristãos de Filipes – da forma divina e revestiu-se de forma humana", ocultando, durante a sua vida terrestre, a forma do Cristo Cósmico. Mais tarde, depois de sofrer, voluntariamente na forma do "Verbo encarnado", tornou a "entrar em sua glória", como ele diz aos discípulos de Emaús.

Fala Arjuna: Agora que te contemplo novamente, ó Deus em forma humana, torna o meu coração a encher-se de alegria e reconquisto a serenidade do espírito.

Fala Krishna: Com efeito, é extremamente difícil aos mortais obter a visão da forma em que existo; é oculta aos próprios deuses, que, sem cessar, por ela anseiam.

Nem pelo estudo dos sagrados Vedas, nem pela prática de austeridades, nem por oferendas, nem pelo rito de sacrifícios, pode alguém ver-me assim como tu me viste.

Somente por um amor sem reserva, ó Arjuna, pode alguém ver-me assim como eu sou na verdade, e essa visão do meu ser lhe dá imortalidade.

Aquele que em tudo que faz visa a mim somente e inteiramente se entrega a mim, livre de apego e hostilidade para com ser algum da natureza – só esse se une totalmente a mim.

12

Do Amor Universal

Sri Prem Baba: Chega o momento em que Sri Krishna ensina sobre o "Bhakti Yoga", ou "O Caminho da Devoção", compreendendo a prática da devoção como um meio de alcançar o divino. Este capítulo é essencial para todos aqueles que buscam aprofundar seu relacionamento espiritual através do coração, destacando a importância do amor e da entrega na jornada espiritual.

Krishna explica a Arjuna que, embora todas as práticas espirituais sejam veneráveis, o caminho da devoção é o mais direto e acessível para a maioria das pessoas. Ele ensina que aqueles que dedicam suas ações a Deus, que O têm como seu objetivo supremo e que vivem em constante devoção, ultrapassam o mundo material e alcançam a bem-aventurança eterna. Esta devoção não é meramente um ato externo, mas um estado de amor e dedicação que permeia todo o ser.

Na nossa vida cotidiana, muitas vezes nos deparamos com desafios e distrações que podem desviar nossa atenção do espiritual. O ensinamento de Krishna serve como um lembrete poderoso de que, através da devoção, podemos transformar cada ação em uma oferenda a algo maior do que nós mesmos, elevando assim a qualidade de nossa existência e contribuindo para a harmonia do mundo.

Para aqueles que buscam uma conexão mais profunda com o divino, a devoção sincera é marcada pela humildade, pela paciência e pela perseverança em face das adversidades. Krishna assegura que, independentemente da nossa posição na vida, todos têm a capacidade de cultivar uma relação devocional com o divino. Esta universalidade da devoção torna o Bhakti Yoga um caminho inclusivo e amoroso, acessível a todos.

Espero que você se inspire a cultivar uma devoção verdadeira em seu coração, pois eu sei que este caminho é um excelente atalho para experienciar Deus. Encorajo que você viva com uma consciência maior do divino em todas as ações e interações. E que, através dessa prática, você encontre paz e satisfação duradouras, superando os obstáculos com fé e amor.

Que a devoção seja a chave que abre as portas do seu coração para a luz eterna e o amor incondicional do divino.

***

Fala Arjuna: Servir-te a ti, Senhor, como Deus Único, Manifesto – ou servir-te, como o Único, Imanifesto, Eterno e Universal – qual é o caminho melhor para os devotos?

Fala Krishna: Aquele que, com firme fé, me cultua assim como me apreende em seu coração, sob a forma em que me pode apreender, esse me é querido e santo.

Mas, quem me compreende como o Eterno, o Anônimo, o Imanifesto, o Inconcebível, o Supremo, não limitado por forma alguma, o Infinito

Quem me cultua deste modo, e, contudo, enxerga a minha presença em todos os seres e, praticando o bem, vive jubilosamente – esse acabará por se unir a mim.

Entretanto, árduo é este caminho para os que procuram encontrar o Imanifesto por meio de um amor afetivo; difícil é esse caminho para os que ainda vivem em corpo carnal.

Mas, quem de coração puro se voltar a mim e fizer em meu espírito tudo quanto faz; quem renunciar a si mesmo e, dia e noite, firmado em mim, me servir –

Esse será salvo por mim do tempestuoso mar da existência desse inconstante mundo do nascer e do morrer, porque buscou refúgio em mim.

Pelo que, volta a mim o teu coração; apreende-me com todo o teu querer; faze repousar em mim o teu espírito e encontra em mim a tua beatitude.

Mas, se não fores capaz de me atingir em tão excelsa altura; se a tua mente, ó filho da terra, te levar às baixadas, por ser fraca demais para essa doação total – então procura trilhar o caminho menos árduo do devotamento afetivo.

Se nem desse devotamento fores capaz, cultua-me com tuas atividades; se a mim somente dedicares as tuas atividades, também atingirás a meta da perfeição.

Se mesmo disto fores incapaz, refugia-te a mim, renunciando aos frutos do teu trabalho, e serve-me com perfeita humildade.

Verdade é que o *saber* espiritual é melhor que o *fazer* material; porém, melhor que ambos é o *amar* integral – e isto requer total desapego; quem a tudo renuncia por amor, esse está perto da meta final.

Quem não quer mal a ser algum, e, liberto de ódio e egoísmo é benévolo para com todas as *creaturas*; quem permanece fiel a si mesmo, no prazer e no sofrimento, sempre sereno e paciente;

Quem tem fé em mim e vontade reta; quem controla o coração e mantém a mente fixa em mim, e totalmente, com reverência e amor, se consagra a mim – esse me é querido.

Quem a ninguém ofende neste mundo, nem se sente ofendido por ninguém, mas paira acima de gozo e dor, liberto de cólera e temor – esse me é querido.

Quem nada aceita nem nada rejeita em interesse pessoal; quem se desapega de tudo que é perecível e só aspira ao imperecível – esse me é querido.

Quem é sereno e equilibrado em face de amigos e inimigos, imperturbável em face de louvores e injúrias, em face de calor e frio, em face de prazer e sofrimento, livre de qualquer escravidão – esse me é querido.

De todos o mais querido, porém, me é aquele que me ama acima de tudo, aquele cuja vida é amor – a esse tal amo-o *sobremodo* e alimento-o com meu amor.

13

Relação Entre Corpo e Alma

Sri Prem Baba: Ao apresentar "O Caminho do Campo e do Conhecedor do Campo", Sri Krishna desvenda a distinção entre o corpo físico e a alma ou o espírito que o habita. Uso essas palavras para me referir ao "atma", pois são mais familiares para a cultura ocidental, mas não deixo de observar a diferença conceitual. Na visão védica, o atma que habita o corpo é o todo, não uma parte do todo. Diferente do conceito de alma ou espírito, que associamos com algo divisível. Pensamos na "na minha alma" ou no "meu espírito", ainda na identificação com a divisão. Mas o atma que dá vida ao corpo é o todo e não uma parte sua.

Krishna ensina Arjuna sobre a natureza da realidade, explicando como distinguir entre o material e o espiritual, o temporário e o eterno. Este conhecimento é fundamental para a aplicação prática da espiritualidade em nossas vidas diárias. Ao entendermos que somos mais do que nossos corpos e mentes, começamos a ver o mundo e nossas experiências de uma nova perspectiva. Essa compreensão nos capacita a enfrentar desafios com maior equilíbrio e a responder às dificuldades da vida com serenidade e sabedoria.

Na prática diária, o discernimento entre o campo e o conhecedor do campo nos ajuda a não nos identificarmos excessivamente com nossas circunstâncias, nossos papéis ou até mesmo com nossos pensamentos e emoções. Isso não significa uma negação do mundo material, mas sim uma apreciação mais plena de nossa verdadeira natureza imortal. Ao cultivarmos essa consciência, nossas ações tornam-se mais alinhadas com nossos valores mais profundos e com o bem-estar comum.

Krishna também discorre sobre a natureza da percepção e como ela é moldada por nossas interações com o mundo material através dos sentidos. Ele nos incentiva a desenvolver uma visão interna, que percebe a realidade última além das aparências externas. Esta visão interna é essencial para quem busca uma vida de significado e propósito, pois ela orienta nossas decisões e escolhas de uma maneira que esteja em harmonia com nossa essência espiritual.

Para aplicar esses ensinamentos no cotidiano, podemos começar por observar como reagimos aos eventos ao nosso redor. A prática de mindfulness ou atenção plena nos ajuda a reconhecer quando estamos sendo arrastados pelas correntes dos acontecimentos externos e nos permite retornar ao nosso centro, onde a calma e a clareza residem. Assim, cada momento se torna uma oportunidade para praticar o desapego, a compaixão e a verdadeira compreensão.

Que este capítulo o inspire a viver com uma consciência elevada de quem você realmente é – um ser espiritual vivenciando uma experiência humana. Que essa compreensão o liberte das limitações impostas pela identificação com o transitório e o guie a uma vida de maior liberdade, alegria e amor.

***

Fala Arjuna: Bem quisera eu, Senhor, conhecer a natureza do corpo material, que parece viver, e da alma que vive; quisera conhecer o campo da vida e da ação, e também o conhecedor desse campo, o conhecimento e o objeto desse conhecimento.

Fala Krishna: Ó filho da terra! o corpo é o campo, e a alma consciente nesse corpo é pelos sábios chamada o "conhecedor do campo".

Eu sou a alma consciente, que habita em todos os corpos; o verdadeiro conhecimento é somente aquele que em si mesmo conhece aquilo que é.

Ouve, pois, o que é esse campo do corpo, qual a sua natureza, qual a sua origem e quais as suas metamorfoses – e ouve também o que é a alma que o anima, e seus poderes que lhe dão grandeza.

Esta verdade foi cantada pelos videntes de modos vários, preconizada pelos Vedas e explanada nos comentários dos brâhmanes, e com arguto raciocínio e lucidez filosófica.

A energia primeira é imanifesta; a vida consciente, a mente e a invisível força do espírito, os sentidos externos e os objetos da sua percepção, formam o veículo que a alma constrói.

Afeição e aversão, prazer e dor, percepção, vontade, intelecto e consciência, são estes os atributos que lhe competem.

Humildade, sinceridade, paciência, proibição, não violência, pureza, fidelidade, constância, fortaleza, autodomínio, amor à verdade, reverência em face do sagrado,

Menosprezo de satisfações sensuais, total libertação do egoísmo, clareza sobre o valor relativo de nascimento e morte, velhice, enfermidade e dor,

Liberdade de apego, não identificação do Eu com esposa ou filho, casa ou qualquer propriedade material, manutenção da serenidade interna em face de circunstâncias gratas ou ingratas,

Indeclinável devotamento a mim, obtido por incessante focalização do meu Ser; amor à solidão, aversão à adulação pública,

Consagração ao conhecimento da verdade e à realização do Eu – tudo isto, é chamado sabedoria, e o que lhe é contrário é ignorância.

É esta a luz da sapiência que confere imortalidade; é o Brahman supremo e eterno, que não é existência nem inexistência.[98]

Deus não existe nem inexiste. Embora residindo em todas as formas, é ele sem forma. As potências celestes são as mãos do Soberano. Onipresentes são os seus olhos, suas cabeças, suas bocas, seus ouvidos, seus pés.

É ele que abrange, sustenta e ilumina o mundo, glorioso em todo o seu poder, porém não limitado por coisa alguma; senhor de toda a obra, e não ligado por obra alguma.

Movente de tudo, e não movido por nada; ele que ninguém pode abranger e que tudo abrange, o Único, o indivisível.

Infinitamente propínquo e infinitamente longínquo, é ele mesmo a vida que dá a todos os seres; é ele o poder que tudo *crea* e tudo destrói.

É ele a luz das luzes, para além de todas as trevas; o conhecedor, o conhecido e o próprio conhecimento, que reside no âmago de todas as coisas.

---

98 "Sat" (Realidade, Ser) e "Asat" (Não realidade, Não ser), em sânscrito. A Realidade Absoluta (Tese) está para além dos Realizados Relativos (antíteses e sínteses). Na ordem lógica do **conhecer** aparece Deus (a Realidade) como polarizado – mas na ordem ontológica do **ser** é ele impolar, por ser onipolar. O Ser Absoluto está além de todo o existir ou não existir relativos.

Acabo de explicar-te brevemente, ó Arjuna, o que é o campo, o conhecedor e a realidade cognoscível; quem isto compreende vem ter comigo.

Sabe também que tanto a matéria como o espírito são sem princípio e que os atributos da Natureza têm a sua origem na própria Natureza.[99]

Atua a matéria em virtude do seu poder interno, construindo formas mutáveis; o espírito que nela habita e a fecunda faz com que ela experimente prazer e sofrimento.[100]

Quando o espírito se une à matéria, participa dos atributos que caracterizam a Natureza, e com eles produz o bem e o mal.

O supremo Espírito Cósmico é o dominador onipotente; "senhor e espectador" é o nome que lhe dão; embora incorporado em invólucros terrenos, permanece ele indene do impacto da Natureza.

Aquele que, deste modo, se conhece a si mesmo, como sendo esse espírito, alcançou a luz verdadeira; filho da luz, liberto do seu fardo, não tornará a nascer para sofrer.

---

99 A essência de todas as existências é eterna, por ser a própria Realidade do Ser. A diversidade, no tempo e no espaço, provém das existências.

100 Matéria e espírito não são contrários, mas complementares um ao outro; são dois símbolos para um simbolizado, que está para além deles e eternamente ignoto, o grande X, a indecifrável Incógnita. Deus não é nem espírito nem matéria, no sentido polarizado em que usamos esses termos, Deus é a Realidade Absoluta, para além de todos os "pares de opostos" relativos do nosso conhecer. O materialista ingênuo julga saber o que é a matéria, mas engana-se; o que ele conhece são apenas alguns dos fenômenos empíricos da matéria, cuja íntima essência nos é tão desconhecida como a do espírito. O **positivo** do espírito e o **negativo** da matéria são derivados do **Neutro** ou **Universal** duma Realidade ultra-espiritual e ultramaterial. Mas essa grande TESE, para além das antíteses e da síntese, é, para nós, eterno enigma e indevassável mistério.

Pelo autoconhecimento encontram alguns homens o seu verdadeiro Eu; outros, pelo caminho do raciocínio e por atividade de sabedoria e santidade.

Outros demandam a luz seguindo os ensinamentos de mestres iluminados, e assim também eles superam a morte.

Todo ser que existe, seja móvel ou imóvel, planta ou animal, é um composto de matéria e espírito.

E aquele que, nessas formas mutáveis, contemplar a mim, o Único, o supremo Senhor, o *Increado* e Imutável, esse é um vidente que realmente vê.

Quem enxerga o onipotente Senhor do mundo em si mesmo e nos outros seres, esse removeu do Eu o véu do ego, deixa de fazer o mal e anda seguro, rumo à sua plena realização.

Aquele que conhece que o que a Natureza produz só ela o faz, e que o Eu é inativo e simples espectador, esse também é vidente.[101]

E quem compreende que a multiforme pluralidade das *creaturas* vem da unidade, e, finalmente, convergirá na unidade, esse vive em Deus.

O Ser Supremo é livre de coação, livre dos atributos da Natureza; e, mesmo quando incorporado, não é atingido por nada que a Natureza opera.

---

101 Não é o ego pessoal do homem, mas o seu Eu Universal, o Deus interno, a Natureza essencial, que tudo produz. "As obras que faço não sou eu (meu ego) que as faz, mas sim o Pai que em mim está (o Eu divino)".

Assim como o éter permeia os corpos sem ser por eles limitado, assim habita o Espírito Cósmico nos seres, totalmente livre e não afetado pelas obras deles.

Assim como a luz solar penetra os espaços, sem ser maculada pelo lugar em que está, assim brilha a luz do supremo Eu, imanente em tudo, pura e imaculada.

Aquele que, assim pela visão da sabedoria, compreende a diferença entre espírito e matéria, e como a luz se liberta das trevas, em todas as coisas da Natureza, esse atingiu a luz e entra no reino da paz.

14

Vitória Sobre as Três Forças da Natureza

Sri Prem Baba: Sempre me surpreendo quando volto a ler a Bhagavad Gita, com a perfeição do discurso de Sri Krishna, inclusive em sua didática em explicar temas tão profundos. Após diferenciar o corpo do atma, Ele oferece uma explanação profunda sobre as três qualidades fundamentais da natureza, conhecidas como gunas: sattva (pureza), rajas (atividade) e tamas (inércia). Krishna descreve como essas três qualidades influenciam todos os aspectos do comportamento humano e da criação material.

Compreenda que o mundo material é composto por essas 3 qualidades. Ao reconhecer as características de cada guna em nossas próprias vidas, podemos começar a fazer escolhas mais conscientes que alinhem nossas ações com o equilíbrio e a harmonia interior, compreendendo que qualidades queremos cultivar na nossa mente.

No mundo moderno, onde frequentemente enfrentamos estresse e turbulência, o conhecimento das gunas pode servir como uma bússola. Por exemplo, quando dominados por rajas, podemos nos sentir agitados ou excessivamente preocupados com o fazer e alcançar. Reconhecer essa influência pode nos incentivar a incorporar práticas que cultivem mais sattva, como meditação, yoga ou mesmo passar tempo na natureza, trazendo mais calma e clareza à nossa mente.

Da mesma forma, tamas pode se manifestar como letargia ou desânimo, o que pode ser equilibrado por atividades que estimulem nossa energia e criatividade, nos movendo para um estado mais rajásico ou sáttvico, dependendo da necessidade. O objetivo não é eliminar rajas ou tamas, mas sim cultivar sattva, permitindo uma maior percepção e uma conexão mais profunda com nosso eu superior.

Krishna também explica que ultrapassar a influência das três gunas é um passo crucial no caminho da liberação. Aqueles que transcendem as gunas alcançam uma condição de equanimidade e paz verdadeiras, livres das flutuações e perturbações da mente e das emoções.

Convido você a observar mais profundamente as forças que moldam sua experiência diária e a escolher conscientemente caminhos que levem ao crescimento e ao equilíbrio. Que você possa usar o conhecimento das gunas para cultivar uma vida de maior sabedoria, compaixão e paz, aproximando-se cada vez mais da sua verdadeira natureza divina.

***

Fala Krishna: Passarei a revelar-te mais ainda o mistério da mais alta sabedoria, que excede todo o conhecimento e pela qual os meus videntes atingem suprema perfeição, após esta vida.

Os que estão consolidados nesta verdade e lhe descobriram o sentido profundo não estão mais sujeitos a nascimento, durante a minha manifestação cósmica, nem são atingidos pelas adversidades da origem e do fim dos mundos.

O Universo é o grande ventre materno no qual lanço as sementes de todas as coisas[102], e delas, ó filho da terra, procedem todos os seres vivos de qualquer espécie.

Pois, toda vez que nasce um ser, seja em que forma for, sou eu, o espírito do pai, que lhe dá vida, deitando as sementes das quais as formas nascem.

Sattva, iluminação; *Rajas*, atividade, e *Tamas*, passividade[103] - são os três poderes que nascem da Natureza e prendem o espírito infinito a este mundo finito.[104]

---

102 Dessas "sementes cósmicas" fala Santo Agostinho no seu livro *De Genesi a litteram*, antecipando a teoria evolucionista de Charles Darwin por um milênio e meio. As sementes cós micas são a **potencialidade** latente, as formas são a **atualidade** manifesta. O "**Eidos**" (Ideia) de Platão e os "**Semina** rerum" do poeta romano também significam essas potências dormentes lançadas pelo espírito *creador* no seio da grande mãe cósmica, que os orientais chamam Maya.

Brahman (neutro), quando passa a ser Brahma (masculino), se torna o pai eterno, uno e único, que, fecundando Maya, a natureza-virgem, se pluraliza indefinidamente através da *creação*; a luz incolor da unidade inicial se dispersa o multicolor da pluralidade do cosmos – e isto é **Uni-verso**, um em diversos, unidade na diversidade.

Segundo a teologia grega ortodoxa, o Cristo Cósmico nasce do conúbio do Pai Eterno (1ª pessoa da Trindade) e da **Hagia Sophia** (Santa Sabedoria, que é a 2ª pessoa, a Virgem Cósmica), e dessa fecundação nasce o Cristo Cósmico (3ª pessoa). Mais tarde, o Verbo ou Logos se faz carne, ou ser humano, o Espírito Santo fecunda a Virgem Telúrica, Maria de Nazaré, e deste novo conúbio nasce o Cristo Telúrico, que se manifestou na terra através de Jesus de Nazaré.

Na atual teologia cristã ocidental há uma confusão entre as duas gerações, a do Cristo Cósmico e a do Cristo Telúrico.

A majestosa catedral de Istambul (Constantinopla) é consagrada a **Hagia Sophia**, isto é, Santa Sabedoria, que simboliza o Espírito Santo, o qual, no livro da **Sabedoria**, do Antigo Testamento, aparece como sendo a **Sophia**, que quer dizer sabedoria ou sapiência.

103 Neste capítulo passa Krishna a explicar a Arjuna os três elementos ou fatores que presidem a toda a evolução cósmica: a luz da razão espiritual (*sattva*), a força mental da inteligência (*rajas*), e a inércia passiva da matéria (*tamas*) ou seja: o espírito pleniconsciente, o intelecto semiconsciente e a matéria inconsciente. Luz, calor, matéria. Compreender, querer, ignorar.

104 O espírito infinito é Deus; esse espírito divino em forma finita é a alma humana ("não sabeis que o espírito santo habita em vós?"); a encarnação do espírito de Deus no homem é um processo de involução; a sua progressiva libertação do mundo dos finitos é a evolução ou autorrealização, através da qual adquire a alma a sua perfeição individual, cujo ponto

Desses três, *Sattva*, por ser puro e luminoso, possui o dom de dar alegria e beatitude à alma livre de pecado e fascinada pela verdade.

Rajas, porém, a paixão que cria cobiça, empolga a alma pelo apego às obras.

Tamas nasce da ignorância e é causa da autoilusão em todas as coisas – um nada que domina o mundo inteiro e liga a alma pela inércia da passividade.

Assim, *Sattva* produz felicidade; *Rajas* gera atividade e desejo de conhecer; e *Tamas* resiste à luz da sapiência pelas trevas da insipiência.

Às vezes, *Sattva* prevalece sobre *Rajas* e *Tamas*; e às vezes *Tamas* sobrepuja os dois, *Sattva* e *Rajas*.

Quando perecem a luz do conhecimento e a força da cobiça, resta *Tamas*. Quando *Tamas* e *Sattva* se apagam, continua a arder *Rajas*.

Mas, quando a luz divina penetra todas as faculdades do teu ser, ó Arjuna, então sabe que *Sattva* atingiu em ti maturidade.

Quando desejos, cobiça, ganância, ambição e dinamismo externo perturbam o sossego de tua alma, então sabe que *Rajas* te governa.

Quando estupidez, inércia e arrogante ignorância, erro, incerteza e superstição se apoderarem de ti, então *Tamas* se avassalou.

---

culminante é a imortalidade, o regresso livre e espontâneo do espírito divino individual ao Espírito Universal. No caso que a alma não se imortalize ("renascimento pelo espírito"), perde a sua individualidade e volta ao Espírito Universal, deixando de existir como indivíduo ("morte eterna").

Quando a alma governada por *Sattva* deixa este mundo, ingressa na mansão divina da luz, onde habitam aqueles que amarram o bem e o atingiram.

Mas, quando o corpo morre enquanto *Rajas* exerce o seu poder, vai o homem ao reino ígneo dos desejos, lá onde vivem os seres ainda vinculados à terra.

E, quando o homem morre ainda envolto nas trevas de *Tamas*, cego para a luz, é ele privado da natureza humana e desce à zona dos seres inferiores.

O que procede de *Sattva* é luz e pureza; de *Rajas* nascem torturas; e *Tamas* gera ignorância. Sabedoria é filha de *Sattva*; cobiça é produto de *Rajas*; ilusão e ignorância vêm de *Tamas*.

Os que vivem à luz de *Sattva* pairam nas alturas da consciência do Eu divino; os que vivem dominados por *Rajas* guiam-se pela consciência do ego mental; e os que vivem em *Tamas* só conhecem a vida corporal.

Quando o homem de visão espiritual compreende como nele se revelam essas forças da Natureza, e sabe o que existe para além delas, então entra ele na minha liberdade.

Então deixa ele de ser autor das obras que realiza no plano da Natureza; liberto de nascimento e morte, de pecado, sofrimento e velhice, bebe às águas vivas da imortalidade.

Fala Arjuna: Como se conhece, Senhor, o homem que tal vitória alcançou? Como vive aquele que, pelo poder do espírito, superou as três forças da Natureza?

Fala Krishna: Ó príncipe! quando o homem que habita na paz e no esplendor da luz, é capaz de tolerar o fogo dos desejos e as trevas da ignorância, sem ser por eles dominado nem por eles irritado;

Quando os pode contemplar como se não fossem dele, mas um simples jogo da Natureza, dizendo consigo mesmo: "Eles seguem as suas leis";

Quando o prazer e a dor lhe valerem o mesmo e equivalentes lhe forem uma pedra e um bloco de ouro, e se mantiver equânime em face de amigos e inimigos, sempre sereno e calmo, sobranceiro a louvores e injúrias.

Nada desejando e nada receando, por ter conhecido a lei que está acima de tudo – então é ele chamado um vencedor da Natureza.

Quem assim me cultua, com fé e devotamento, acima de tudo, esse será liberto das forças da Natureza e se torna apto para unir-se a Brahman.

Porquanto eu sou o habitáculo de Brahman, a pátria da imortalidade, o espírito, a sapiência, a lei, e de todos os seres eterna beatitude.

15
A Experiência do Espírito Supremo

Sri Prem Baba: Neste momento, Sri Krishna apresenta uma das metáforas mais profundas e esclarecedoras da escritura: a da árvore cósmica invertida. Ele descreve o universo como uma árvore gigantesca cujas raízes estão no céu e os ramos na terra, simbolizando como o mundo material é uma reflexão do espiritual.

Krishna ensina que essa árvore cósmica tem suas raízes na eternidade e seus ramos nos fenômenos temporais. A compreensão dessa imagem nos ajuda a perceber como estamos frequentemente envolvidos nos aspectos materiais e transitórios da vida, esquecendo-nos das raízes espirituais que realmente sustentam tudo. Este capítulo convida o leitor a "cortar" essa árvore ilusória com a "arma afiada do desapego", encorajando uma perspectiva que transcende a mera existência física.

Ele nos motiva a identificar e se desapegar dos aspectos de nossas vidas que nos mantêm presos em ciclos de sofrimento e insatisfação. O desapego aqui não implica rejeição do mundo, mas uma compreensão mais profunda de que nossa verdadeira essência não está vinculada às adversidades da vida material.

Krishna prossegue descrevendo as características da alma eterna, que é imutável, eterna e transcendente. Ele afirma que aqueles que estão livres da ilusão da árvore material têm a oportunidade de alcançar o destino supremo. Este capítulo, portanto, não só esclarece sobre a natureza do universo, mas também sobre como podemos viver de forma alinhada com nosso verdadeiro eu.

Em um plano prático, entender e aplicar o conceito de Purushottama (o Ser Supremo) em nossas vidas pode nos ajudar a enfrentar desafios com maior serenidade e perspicácia. Saber que somos mais do que nossas experiências sensoriais e que nossa realidade é sustentada por um princípio divino nos dá força e clareza para focar no que é eterno e verdadeiro, reduzindo o estresse e aumentando a paz interior.

Que você possa cultivar a visão que transcende o temporário e abraçar uma existência enraizada na eternidade do Ser. E que, através dessa sabedoria, você encontre a liberdade verdadeira e a paz duradoura.

***

Fala Krishna: Ashvattha, a eterna árvore simbólica, tem suas raízes, a fonte primeva, firmadas nas alturas, no Ser Supremo, e seus ramos se desdobram para baixo, pelo mundo *creado*, em incessante mutação – quem isto compreende conhece o Universo.[105]

As ramificações da árvore descem para as baixadas do mundo sensorial, e sobrem para as alturas do mundo supersensorial; o seu alimento são as *gunas*[106]. Os objetos do mundo sensorial são como que

105 **Ashvatta** é a força *creadora* do cosmos, que radica na Essência da Infinita Realidade, e se expande por todas as Existências dos mundos finitos; é, no dizer de Spinoza, a **"natura naturans"**, a alma do Universo ao passo que a **"natura naturata"** é, por assim dizer, o corpo da invisível Divindade, o *Adhy-Atman* do cap. XI.

106 *Gunas* são os três atributos da Natureza, explicados no capítulo XIV.

seus brotos. As raízes nascem sempre de novo dos atos que o homem pratica no mundo objetivo e o prendem a esse plano.

Neste mundo de *sansara* em contínuo vaivém, desconhece o homem a origem e o fim da árvore da vida; mas aquele que, pelo gládio da renúncia, cora as raízes do apego em seu coração.

Esse ingressa no Altíssimo, naquela morada da qual nunca mais regressa para a vida mortal, porque entrou na posse da Verdade, de cujo seio irradia toda essa manifestação cósmica.[107]

O homem liberto de vaidade, egoísmo e apego ao mal, e que, de todo o coração se devota à realização do Eu divino, superando os pares de opostos, como prazer e dor – esse é um sábio e ingressa na Suprema Realidade.

Os que atingiram esse estado são iluminados por um outro sol, por outra lua e por outra luz, que os liberta do erro e do pecado.

Quando um raio do meu Espírito se reveste de forma no mundo dos finitos, então se condensa ele em sentimento ou pensamento –

---

107 Todas as grandes filosofias e religiões sabem que o Universo finito é uma emanação da Divindade infinita, um produto do Todo Essencial, que é idêntico ao Nada Existencial. Entretanto, convém evitar as expressões **parcela**, **centelha** da Divindade, que insinuam o erro dualista de que o Universo *creado* seja algo separado do Deus *Creador*. O Universo não é **separado** nem **idêntico** a Deus, como opinam o dualismo ocidental e o panteísmo oriental, mas está em Deus, porém **distinto** dele, porque Deus é ao mesmo tempo **transcendente** a tudo e **imanente** em tudo.

A expressão menos ilusória seria, talvez, esta: o mundo é uma **manifestação**, ou **modalidade** de Deus, assim como as ondas do mar são manifestações do mar, assim como as luzes coloridas de um lado do prisma triangular são modalidades da luz incolor do outro lado; ou ainda: Deus está no mundo e os mundos estão em Deus assim como o pensador está em seus pensamentos e os pensamentos estão no pensador; não há nem separação nem identificação entre o pensante e o pensado, entre o pensador e o pensamento. Mas esta concepção é altamente universitária, dificilmente inteligível a crianças de escola primária.

E assim a alma se une à carne; e, quando abandona o corpo carnal, volta a mim com os perfumes que colheu no mundo terrestre, assim como o vento leva consigo a fragrância das flores por onde passou.

Vinculada pela visão e audição, pelo olfato, gosto e tato, e ainda pelo intelecto, colhe a alma experiências do mundo das percepções objetivas, e, por vezes, a ela sucumbe.

Os profanos não reconhecem o Espírito em seu coração,

Ao passo que os impuros de coração, os não iluminados, não o percebem, mesmo quando o procuram.

À luz solar que ilumina o mundo, a luz da lua e a do fogo sabem que provêm da minha luz.

Penetrando a terra com a minha energia vital, alimento todos os seres, fazendo circular as seivas através de raízes, tronco, ramos e flores.

Como calor vital, revelo-me nos seres que respiram; dupla é a minha respiração: o *prana* que entra, e o *apana* que sai[108] – e assim assimila as quatro classes de elementos.

Bipolar é tudo quanto existe no mundo: o Uno, que é indiviso, e o Múltiplo, que é divisível; o que vive no mundo é divisível, indivisa é a força vital.[109]

---

108 Sobre este processo de inalação e exalação se baseia uma das mais eficientes práticas de meditação e contemplação esotérica; a prolação do saco trigrama AUM deve ser acompanhada pela visualização da vida-luz que entra e da morte-treva que sai do homem; a primeira (*prana*) é vermelha como o oxigênio vitalizante, a segunda (*apana*) é azul como o carbono mortífero.

109 Cerca de 400 anos antes da era cristã elaborou o filósofo e matemático grego Demócrito de Abdera e sua célebre "teoria atômica", mencionada respeitosamente por cientistas modernos, como Albert Einstein e Fritz Kahn. Para Demócrito, a Suprema Realidade (Deus) é o "a-tomo", palavra grega para "indiviso" ou "indivisível". Compreendeu o exímio pensador que tudo que é divisível é **quantidade dimensional**, a qual, por sua própria natureza, representa um derivado, causado, efeito, mas que a **qualidade indimensional** (Realidade) deve

Mas, acima de tudo está o Espírito, cuja força perpassa o mundo inteiro, mundo que ele enche e sustenta, ele, ó Eterno, ó Imortal.

Eu sou para além dos mortais e dos imortalizados, eu, a suprema Divindade, a Essência dos três mundos.

Quem assim me conhece, liberto de ilusões em seu coração, e a mim se consagra sem reserva, esse vem ter comigo.

É este o sacro mistério que te revelo, a ti que és sem pecado: quem o compreende supera este mundo e entra na liberdade.

---

ser necessariamente indivisível (átomo), ou seja, pura energia, o **"actus purus"** de Aristóteles, a Causa não causada, a Infinita Realidade em si mesma, além de tempo, espaço e causalidade passiva. O nosso "átomo" de hoje não é o de Demócrito, porque não é "atômico", indivisível. O verdadeiro "Átomo" é o Infinito, o Absoluto, o Universal, o Uno, a Causa-Prima.

16

O Destino dos Insensatos

Sri Prem Baba: Neste capítulo, Sri Krishna oferece uma exploração clara e direta das qualidades que elevam a consciência humana em contraste com aquelas que a degradam. Krishna categoriza essas qualidades em duas listas distintas: uma que promove a libertação e outra que leva à escravidão espiritual.

Krishna descreve as qualidades divinas como sendo não violência, verdade, ausência de ira, renúncia, paz, ausência de calúnia, compaixão para com os seres vivos, falta de cobiça, gentileza, modéstia e firmeza na sabedoria. Estas são as características que sustentam uma vida dedicada à realização espiritual e ao bem-estar comum. Por outro lado, as qualidades demoníacas incluem hipocrisia, arrogância, soberba, ira, dureza e ignorância.

Este ensinamento pode servir como um guia para autoavaliação e transformação pessoal, como uma bússola no seu caminhar. Refletir sobre essas qualidades pode nos ajudar a identificar quais aspectos de nossa personalidade podem estar contribuindo para nossos próprios desafios e sofrimentos, e quais estão nos ajudando a crescer e a nos conectar com os outros de maneira mais significativa e compassiva.

A prática diária de cultivar qualidades divinas e diminuir as tendências demoníacas envolve escolhas conscientes em nossas ações, palavras e pensamentos. Por exemplo, podemos escolher praticar a não violência, não apenas física, mas também verbal e psicológica, abordando os outros com compreensão e paciência em vez de julgamento e crítica.

Krishna enfatiza que o caminho para a iluminação não está apenas em grandes renúncias ou atos espetaculares de devoção, mas na incorporação diária de qualidades que refletem nossa natureza mais elevada. Cada escolha consciente é um passo na direção da liberdade espiritual e da harmonia com o universo.

Que este capítulo sirva como um lembrete do poder que temos para moldar nossas vidas e influenciar o mundo ao nosso redor. Que você seja inspirado a adotar as qualidades divinas em sua jornada diária, reconhecendo que cada momento oferece uma nova oportunidade para escolher o caminho da luz e do amor.

***

Fala Krishna: Destemor e pureza de coração, vontade firme no caminho da disciplina espiritual, amor para com todos os seres vivos, controle dos sentidos, espírito de sacrifício, estudo dos livros sacros que falam de autoiluminação, amor à solidão, autodomínio.

Não violência, veracidade, renúncia, espírito de perdão, serenidade, liberalidade, compaixão, paciência, modéstia, constância.

Alegria espiritual, mansidão, suavidade, castidade, fortaleza, compreensão, humildade e paz de espírito – são estas as qualidades que caracterizam o homem que aspira a um nascimento divino.

Ostentação, arrogância, convencimento, ira, brutalidade, pseudo-conhecimento, vaidade e hipocrisia – são estes os sinais dos que falham o nascimento divino e que seguem o destino dos *Asuras*.[110]

Os atributos divinos conduzem à libertação pelo autoconhecimento – os atributos não divinos forjam a cadeia para a escravidão da ignorância. Entretanto, não te entristeças, ó príncipe! tu tens um caminho aberto para o mais alto.

Habitam em cada homem duas naturezas: a divina e a não divina. De uma te falei – escuta agora algo sobre a outra.

Os seres que se parecem com os *Asuras* ignoram a sua origem e o seu fim; vivem como sonâmbulos; não há neles nem inteligência nem retidão.

Dizem eles: "Não há neste mundo lei alguma, nem ordem nem verdade, nem senhor; o mundo se originou por um cego acaso; o fim da nossa existência é o prazer dos sentidos".

Enredados nessa ilusão, passam eles a sua vida; pois impuro é o seu coração e obscurecida a sua mente. São a desgraça do mundo, que impedem a paz e o progresso e promovem a ruína.

Escravos de desejos insaciáveis, cheios de vaidade hipocrisia e arrogância, cegados pelas aparências, amam a ilusão e vivem o avesso da verdade.

---

110 **Asuras** (o oposto de **suras**) são todos os seres não divinos, isto é, os que são destituídos de consciência e livre-arbítrio. Os **Asuras** do mundo infra-humano não são culpados por não possuírem esses atributos; mas o homem, dotado de consciência e livre-arbítrio, quando se porta como um **Asura**, é culpado.

Chamam verdade à mentira e gostam das ilusões que levam à morte; ignoram a realidade e sacrificam sobre o altar dos ídolos ao próprio ego nascido de miragens.

Algemados por toda a espécie de esperanças, luxúrias e violências, visam um só escopo: acumular riquezas para satisfazer a seus desejos sensuais.

Falam assim: "Foi isto que consegui hoje, e aquilo conseguirei amanhã. Conquistei esta fortuna agora, e espero conquistar outra no futuro.

Derrotei este inimigo, e hei de aniquilar outros. Eu sou o senhor do mundo, poderoso e feliz! A minha vontade é a lei – tudo deve servir aos meus prazeres!

Eu sou rico, sou de alta linhagem – quem pode medir-se comigo em elegância e bem-estar? A minha vida é uma delícia!" Assim falam esses insensatos.

Empolgados pela tempestade das suas paixões, enredados no círculo vicioso das suas miragens falazes, vão eles descendo rumo ao repelente abismo do inferno.

Orgulhosos, convencidos e inebriados de possessões, praticam obras boas só por ostentação e hipocrisia; os seus sacrifícios são formalidades inúteis e sem valor.

Obsedados de egoísmo, vaidade, orgulho e insolência, odeiam-me esses blasfemos, a mim, o espírito divino imanente neles mesmos e nos corpos dos outros.

Esses malfeitores, escória da humanidade, esses infelizes e perdidos, mando-os, repetidas vezes durante o ciclo dos seus nascimentos, para os corpos de seres inferiores.

E assim, migrando pelas entranhas de seres inferiores descem eles ao plano ínfimo – até que, finalmente, se voltem a mim.

Tríplice é o portal que leva aos infernos: luxúria, ira e cobiça. Evita-os! Quem os evita encontra o caminho reto da paz.

Ó príncipe! aquele que se libertou desses três portais das trevas, pratica o que conduz à meta suprema.

Quem despreza as leis éticas e espirituais das escrituras sagradas e segue os impulsos sensuais, jamais atingirá a perfeição nem a felicidade da meta suprema.

Por isso, guia-te pelos livros sacros, para saber o que deves fazer ou deixar de fazer. Guiado por esse espírito, realiza o que tens de realizar no mundo!

17

Os Três Motivos de Agir

Sri Prem Baba: Como a fé de cada pessoa influencia suas práticas, alimentação, sacrifícios e até mesmo sua compreensão da austeridade e da doação? Krishna esclarece que a natureza da fé de cada indivíduo é determinada pela constituição dos gunas (qualidades da natureza) dentro de si: sattva (pureza), rajas (paixão) e tamas (ignorância).

Este capítulo oferece uma reflexão profunda sobre como nossas convicções mais profundas moldam nossas ações e estilo de vida. A fé não é apenas uma questão de crenças religiosas, mas é uma força que permeia todos os aspectos da nossa existência, influenciando como interagimos com o mundo ao nosso redor. Krishna argumenta que uma fé sáttvica conduz a práticas que promovem a paz, a pureza e a estabilidade, enquanto uma fé rajásica pode resultar em ações impulsivas e uma fé tamásica pode levar à inércia e ao engano.

Entender a interação entre fé e gunas pode nos ajudar a reconhecer por que talvez nos sintamos atraídos por certos tipos de atividades ou por que certas práticas espirituais ressoam mais conosco. Isso nos permite fazer escolhas mais conscientes em busca de um equilíbrio que favoreça nosso crescimento pessoal e espiritual. Por exemplo, se percebemos que nossas ações são predominantemente rajásicas, podemos buscar incorporar mais elementos sáttvicos em nossa vida, como meditação ou práticas que promovam a calma e a clareza.

Krishna também enfatiza a importância da autenticidade nas práticas espirituais. Ele critica os sacrifícios feitos sem fé ou feitos com hipocrisia, lembrando-nos de que a verdadeira espiritualidade exige integridade e sinceridade. Isso nos chama a refletir sobre nossas próprias motivações e a cultivar uma prática espiritual que seja verdadeiramente alinhada com nossos valores mais profundos.

Examine a qualidade da sua fé e como ela influencia sua vida diária. Que você possa ser encorajado a cultivar uma fé que enobreça seu espírito e o oriente para ações que reflitam sua verdadeira essência.

***

Fala Arjuna: Qual o estado daqueles homens, Senhor, que, fiéis à consciência, praticam o bem, mas não seguem os rituais prescritos? dize-me se eles obedecem a *Sattva*, *Rajas* ou *Tamas*.[111]

Fala Krishna: Tríplice é o motivo de agir do homem, conforme a índole da sua origem: a atitude da *verdade*, a atitude do *desejo*, e a atitude obscura da *ignorância*.

Da íntima natureza de cada homem é que nasce o seu motivo de agir; o homem é aquilo que ele ama; o que o homem é isto ele crê, e com isto se identifica.

---

111 Neste e no seguinte capítulo traduzimos indistintamente, os termos sânscritos *Sattva* por **sabedoria** ou **razão**: *Rajas* por **cobiça** ou **inteligência**; e *Tamas* por **ignorância** ou **sentidos**. O sentido do texto não se altera com essas variantes, que quebram um tanto a monotonia das repetições do texto original.

Os homens guiados pela razão invocam os deuses; os homens que obedecem à inteligência invocam Radkhas e Yakshas[112], e os homens que se guiam pelos sentidos invocam Pretas e Bhutas.[113]

O homem que segue seu próprio ego pratica mortificações não prescritas por lei, oriundas de autodecepção, e esse se ilude a si mesmo.

Quem castiga os elementos corpóreos, que se acham no homem, castiga a mim que habito em todas as coisas; esse cultua o mal, e não a mim.

Do mesmo modo como é tríplice em seus efeitos todo alimento, assim é tríplice também o caráter de toda a disciplina, sacrifício e esmola. Escuta essas diferenças.

Alimento que aumenta a vitalidade, que dá bem-estar, força e quietação, alimento maduro, saboroso e assimilável – esse é preferido pelos homens que obedecem à sabedoria da razão.

Alimento forte, ardido, picante, salgado ou ácido, que põe fogo no sangue e causa doenças – esse é preferido pelos homens que obedecem à ciência do intelecto.

Manjares passados, insípidos e pútridos, corruptos, imundos e refugados pelos seres superiores – esses são procurados pelos homens que obedecem à ignorância dos sentidos.

Obra praticada sem interesse nem desejo de prêmio ou louvor, mas pelo senso do dever que a lei exige – essa é filha da sabedoria.

---

112 Entidades do mundo dos **mentais** ou lucíferes.

113 Entidades do mundo dos **elementais** ou demônios.

Obra praticada com desejo de recompensa, na esperança de receber em troca algo melhor, por vaidade, ganância ou ostentação – essa reveste a índole da cobiça.

Quem pratica obra contra a lei e a razão, por ignorância ou sem o conhecimento da verdade – esse age impelido pela estupidez dos sentidos.

A verdadeira mortificação consiste em cultuar a Divindade com retitude, honrar os iluminados e ser tolerante, benévolo e amável para com todos.

Quem profere verdades que não ferem os outros: quem é amável e bondoso; quem alimenta sua alma com santas orações – esse pratica mortificação por palavras.

Pureza de coração, serenidade, o culto do silêncio; incessante desejo de disciplina, mente piedosa e firmeza de vontade – é esta a mortificação interior aconselhada pelo espírito.

É este o tríplice modo de agir da verdadeira disciplina: e, quando inspirada pela luz da fé, sem intuito de lucro – então é atitude de sabedoria racional.

Quem, todavia, pratica essas disciplinas com intenção de lucro ou elogio, esse é hipócrita; vã é a sua obra, porque nasceu da atitude de cobiça mental.

A disciplina mesmo que não vise fim algum, mas praticada por simples crendice, mesmo com mortificações, essa é prejudicial, porque oriunda da ignorância dos sentidos.

Quem dá esmola em tempo e lugar corretos, de espírito alegre e por compaixão, inspirado no senso do dever, sem nada esperar em retribuição – esse também é guiado pela sapiência da razão.

Quem oferece uma dádiva porque espera lucro ou vantagem, ou dá de má vontade e a contragosto – esse é vítima da insipiência do intelecto.

Quem dá esmola com modos desabridos ou com menosprezo, em tempo e lugar incorretos, ou a pessoas que dela abusarão – esse é dominado pela ignorância dos sentidos.

18
Yoga da Libertação Total

Sri Prem Baba: Chegamos ao último capítulo, que representa o culminar dos ensinamentos de Krishna a Arjuna. Ele sintetiza e expande os conceitos discutidos nos capítulos anteriores, focando na renúncia das ações e na entrega ao divino como meios para alcançar a libertação final.

Krishna começa por distinguir entre as ações corretas e as ações motivadas por desejo, sublinhando a importância da renúncia ao fruto das ações, e não à ação em si. Ele esclarece que a verdadeira renúncia não significa abandonar os deveres ou a vida ativa, mas sim realizar todas as atividades sem o apego aos resultados pessoais, dedicando os frutos ao Supremo.

Essa mensagem nos ensina que, enquanto nos engajamos em nossas responsabilidades cotidianas, sejam elas profissionais, familiares ou sociais, podemos praticar a renúncia ao egoísmo ao não nos apegarmos rigidamente aos resultados de nossas ações. Esta prática nos libera da constante ansiedade por sucesso ou medo de falha e nos conduz a uma paz interna mais profunda.

Krishna também aborda as três qualidades da natureza (gunas) e como influenciam nossas ações. Ao compreendermos e transcendermos essas qualidades, podemos cultivar um estado de equanimidade diante das variadas circunstâncias da vida. Ele encoraja Arjuna e, por extensão todos nós, a agir de acordo com nosso dever (dharma) enquanto mantemos um estado de desapego.

No final do capítulo, Krishna faz um apelo poderoso à devoção, sublinhando que, acima de tudo, a entrega a Deus com amor e devoção sincera é o caminho supremo para a libertação. Este ensinamento nos inspira a integrar a espiritualidade em cada aspecto de nossa vida, transformando nossa existência diária em uma expressão contínua de fé e entrega.

***

Fala Arjuna: Explica-me, ó Senhor dos céus a quem saúdam todos os corações: qual a natureza da abstenção (*sannyasa*) e da renúncia (*tyaga*).

Fala Krishna: Dizem os sábios que a abstenção consiste em deixar de fazer uma coisa inspirada pelo desejo pessoal, ao passo que a renúncia é o desapego de qualquer recompensa.

Há pensadores que recomendam ao homem que desista de qualquer atividade, uma vez que toda a atividade externa macula a consciência interna, devendo por isto ser evitada; outros dizem que atos de culto, caridade e outras obras boas não devem ser evitados.

Ouve, pois, nobre príncipe, o que te vou explicar: tríplice é o modo como a renúncia se manifesta, quer no agir, quer no desistir.

Obras de culto, de caridade e autodomínio não devem ser abandonadas, porque são meios para o homem se purificar.

Mas, também estas obras devem ser realizadas sem nenhum interesse pessoal e sem nenhum desejo de resultados[114] – é esta a minha lei suprema e imutável.

É erro omitir uma obra que deva ser realizada; quem assim procede é inspirado pela ignorância, que nasce de elementos sensoriais.

Quem deixa de fazer o que deve ser feito porque lhe é penoso e ingrato, esse procede egoisticamente; o que o impele a essa desistência é aberração mental.

Mas, quem realiza o que deve ser realizado, sem se preocupar com a vantagem ou desvantagem que daí lhe advenham, esse age no espírito da sabedoria espiritual.

Quem não sente repugnância em realizar uma obra que nenhuma vantagem lhe dá, nem tem desejo de fazer algo que lhe dê vantagem, esse pratica renúncia e age corretamente.

Homem algum pode desistir totalmente de qualquer atividade, enquanto vivem em corpo mortal; mas quem de todo o coração abre mão dos frutos do seu trabalho, esse renuncia e age corretamente.

De três categorias são os frutos na vida futura: os bons, os maus e os mistos – mas onde não se realiza obra alguma não há fruto.

---

114 Quando os nossos teólogos ensinam a seus fiéis a praticarem boas obras "para merecerem o céu", entendem eles um céu externo, fora do homem, e isto é um erro, que fomenta o espírito mercenário; é um egoísmo póstumo, transferido da vida do aquém para a vida do além. O Evangelho do Cristo ensina que "o reino dos céus está dentro de vós", e por isto, "quando houverdes feito tudo o que fazer devíeis, dizei: somos servos inúteis; cumprimos a nossa obrigação, nenhuma recompensa merecemos por isto". Os verdadeiros místicos do Cristianismo compreenderam esta verdade e romperam a última cadeia do egoísmo, mesmo camuflado de religiosidade, procurando ser **incondicionalmente** bons, independentemente da ideia de um céu ou um inferno fora deles. O verdadeiro céu é o próprio fato de ser bom, como o verdadeiro inferno é o fato de ser mau. Céu e inferno não são lugares extra-humanos, mas estados de consciência intra-humanos.

"De cinco coisas necessita cada obra", diz a filosofia Vedanta:

A força para agir, o agente, o instrumento, a ação e o resíduo dos atos anteriores (karma).

Em qualquer ato que o homem pratique, com os sentidos corpóreos, com a língua ou com a mente, a causa eficiente provém desses cinco elementos.

Em face desta verdade o homem de mente não iluminada, que considera o seu ego como sendo o agente absoluto dos seus atos, labora em erro e não enxerga a verdade.

Quem, todavia, se libertou totalmente da falsa noção de que o seu ego seja o verdadeiro Eu realizador, quem possui pureza de coração e nítida discriminação, esse não mata, embora exterminasse exércitos, nem é responsável pelas consequências dos seus atos.[115]

O conhecimento, o cognoscível e o cognoscente, esses três conjuntamente inspiram à vontade para agir. Os sentidos, a obra escolhida e o agente, esses três em conjunto formam a base harmoniosa para a execução da obra.

O conhecimento, o agente e a ação, diz a filosofia Vedanta, diferem nos seus próprios atributos. Escuta agora quais são esses atributos:

A verdadeira sabedoria, que vem da razão espiritual, está em reconhecer que há uma só Vida que vivifica todas as coisas; ela é o Uno, o Indivisível, que se revela em todos os Divisíveis.

---

115 Tornamos a prevenir o leitor de que palavras como estas, quando analisadas apenas mentalmente, e não intuídas espiritualmente, representam um perigo individual e social. É o caso de repetir a advertência de Paulo de Tarso: "O homem mental não compreende as coisas espirituais, nem as pode compreender, porque lhe parecem estultícia; pois elas devem ser compreendidas espiritualmente. O homem espiritual compreende todas as coisas."

Quem conhece esse Uno conhece nele tudo que existe; quem conhece muitas coisas, mas desconhece o Uno, esse, na realidade, não conhece nada – e o seu saber é simples produto mental.

Falso é o conhecimento do homem que, com toda a sua alma, se apega a uma coisa, como se ela fosse o Todo; envolto nas trevas dos sentidos, ignora ele o próprio fundamento da existência.

Agir corretamente é trabalhar em harmonia com a Lei, sem apego, desinteressadamente, livre de ódio e paixão – e esse agir, nascido da Verdade, liberta o homem.

Filho do desejo é o ato que visa satisfazer algum interesse pessoal e esse agir, nascido da ilusão, escraviza o homem.

Obra nascida de ignorância e insensatez, sem respeito às consequências, boas ou más – é filha da obtusidade dos sentidos.

Quem realiza uma obra à luz do conhecimento e isento de cobiça, e sem visar a recompensa, esse age em nome da sabedoria.

Quem trabalha para gozar os frutos do seu trabalho, oscilando entre alegria e tristeza, age em nome do egoísmo escravizante.

Quem age indeciso, sem rumo certo, sem jeito nem critério, procurando iludir os outros – esse age sob o signo do desmazelo.

Passarei a revelar-te agora o modo como discernir os atributos da alma oriundos da Razão (*sattva*), da Inteligência (*rajas*) e dos Sentidos (*tamas*).

Iluminada pela luz da sabedoria é a alma quando conhece atividade e repouso, quando sabe discernir temor e destemor, o que escraviza e o que liberta a alma.

Mas, quem apenas vislumbra, sem nitidez, a diferença entre o que é justo e injusto, ou quem enxerga a verdade, mas não a abraça, esse foi colhido pelas chamas da paixão mental.

E, quando a mente está envolta em noite, aceitando a mentira por verdade, e enxergando todas as coisas assim como ela mesma é, então é ela obcecada pela ignorância dos sentidos.

Realmente perseverante é o homem quando domina os impulsos do coração, a força vital e os sentidos – e isto provém do conhecimento da Verdade.

Escravo de teimosia mental é aquele que se apega tenazmente a coisas que deseja e cujos frutos quer gozar.

Escravo de inércia sensorial é aquele que vive agitado pelo temor e pela preguiça, entre dúvidas e angústias ou atitudes negativas – esse é vítima dos sentidos corpóreos.

Agora escuta, Arjuna, o que te vou dizer sobre a tríplice felicidade, que se alcança pelo autodomínio, que se goza no Eu interior e que põe fim aos sofrimentos.

O que, no princípio, tem gosto de veneno, mas, no fim, é saboroso como néctar – esta é a felicidade que nasce do conhecimento de si mesmo e gera beatitude espiritual.

Mas aquilo que, no princípio, parece néctar, e depois atua como veneno – por ser ilusão dos sentidos – isto é produto do orgulho mental.

Pernicioso e mau, tanto no princípio como no fim, é o prazer que nasce da preguiça, da autoindulgência e da estupidez – e é o que se chama satisfação sensual.

Nada existe, ó nobre príncipe, na terra nem no céu dos deuses que não resista aos atributos (*gunas*) nascidos da Natureza criadora.

Os deveres dos brâhmanes (brahmanas), dos guerreiros (kashatriyas) dos agricultores (vaishyas) e dos servos (suras)[116] são determinados pelos atributos da Natureza, que é própria a cada um dos seres.

Quem é um brâhmane de verdade possui alma serena e autodomínio, é puro de coração, paciente e sábio, e firmemente consolidado na experiência da Verdade.

Intrepidez, fidelidade, inteligência, firmeza, coragem, força e nobreza são estas as características do guerreiro, nascidos de sua natureza peculiar.

As atividades do agricultor e do negociante nascem da sua própria profissão; aquele apanha a terra, e este negocia com mercadorias. O servo, destinado a proporcionar conforto material, age também segundo a sua própria natureza.

Quem cumpre o seu dever peculiar de acordo com a sua íntima natureza, esse atinge a mais alta perfeição. Ouve agora, ó príncipe, como o homem que cumpre o seu dever atinge suprema perfeição.

Atinge o cume da perfeição o homem que cultua Aquele pelo qual todas as coisas entraram na existência e cuja presença permeia todo o Universo – e esse culto se revela no cumprimento do dever de cada um.

---

116 As classes ou castas principais da Índia, cuja origem e destino não são considerados como resultado de simpatia ou antipatia sociais, mas como determinação metafísica da Lei Cósmica. Daí a serenidade com que cada classe cumpre os deveres próprios da sua categoria.

Melhor é cumprir o seu próprio dever, embora imperfeitamente e de boa-fé, do que cumprir bem o dever alheio; quem cumpre devotadamente o seu dever é livre de pecado.

Deve todo homem obedecer à sua consciência, ainda que imperfeita seja a sua obra; pois, assim como do fogo se desprende a fumaça, assim tudo quanto o homem faz é contaminado de culpa.

Só alcança perfeita liberdade e transcendente serenidade aquele que, sem interesse e no espírito de renúncia, executa o seu trabalho e não deseja recompensa alguma.

Ouve agora, ó filho da terra, como o sábio que encontrou paz verdadeira alcança perfeição em Brahman, o Ser Supremo, e entra na beatitude da existência pela compreensão.

O homem que realizou a sua purificação mental é inteiramente devotado a mim, firmemente consolidado na Verdade, senhor de si mesmo, livre de apego e aversão.

Quem vive num ambiente de pureza, e harmonia, comendo moderadamente, controlando o corpo, a língua e a mente, e com a consciência focalizada no verdadeiro Eu, mediante a contemplação espiritual – esse está firmemente estabelecido na serenidade da renúncia.

Isento de egoísmo, violência, ganância e cobiça, desapegado do "eu e do meu", sereno e calmo dentro de si mesmo – esse homem se torna um com Brahman.

E, integrado no espírito de Brahman, alcança o seu Eu divino o eteno descanso; já não chora por nada, não tem desejo de nada, não luta por nada, não tem cobiça de coisa alguma.

Porque dentro de si mesmo possui tudo. Quando o homem se integra em mim é um comigo; dele é minha Grandeza, meu Poder, meu Ser, minha Vida, minha Sabedoria, minha Beatitude.

E ainda que esse homem peregrine na terra, em corpo terrestre, persevera firme na minha graça, e por meu poder encontra a sua meta.

O que quer que fizeres, faze-o no espírito da renúncia, tendo-me em mente a mim, o Senhor do mundo. Deixa a mim o cuidado pelo sucesso; pensa em mim e oferece-me o teu coração e a tua alma.

Confia em mim e vive na fé em mim. Pelo poder da minha graça alcançarás vitória sobre todos os obstáculos; mas, se confiares somente em tua força pessoal, e não em mim, serás derrotado.

Se, autoiludido, disseres "não lutarei", iludes a ti mesmo; e a própria Natureza, em virtude dos seus atributos, te obrigará a lutar.

O que procuras evitar, iludido pelas aparências, a isto mesmo serás compelido finalmente, contra a tua vontade, mercê das forças que vivem no íntimo do teu ser.

No interior de cada criatura habita o Mestre, e através de Maya, sua manifestação cósmica, impele todos os seres a gravitarem em torno dele, assim como as periferias da roda giram em torno do seu eixo central.

Refugia-te a ele, invoca o seu auxílio, a ele te entrega com toda a alma – e por sua graça alcançarás a paz, a suprema beatitude da tua vida.

Destarte, acabo de explanar-te o mais profundo dos mistérios. Medita intensamente no que ouviste e faze a tua escolha.

E agora escuta a mais sagrada das minhas revelações: amo-te, e por isto te revelo o que é pelo teu bem.

Deixa-me governar o teu coração; entrega-te todo a mim com fé inabalável, e sê totalmente meu. É o que te prometo, porque me és caríssimo.

Abre mão de todos os desejos, ritos e usanças tradicionais; recorre a mim, o teu único refúgio, e eu te redimirei de todos os males; evita todo o temor.

Não reveles jamais esta doutrina a quem não possua autodomínio e devotamento total, nem àqueles que não a queiram abraçar praticamente; nem a reveles aos vaidosos que não creem em mim.

Todo homem que, com reverência, ensinar este mistério sublime aos meus devotados servidores, esse vem ter comigo.

Serviço melhor do que este ninguém me pode prestar, nem ninguém me é mais caro do que esse homem.

E também aquele que lê e medita com devoção este sagrado colóquio e dele se aproveita, esse me oferece grato sacrifício de sabedoria – na verdade, assim é!

Aquele que põe a sua confiança nesta doutrina e a aceita com fé, aquele que possui a sabedoria de lhe penetrar o sentido profundo e por ela orientar a sua vida – esse, após a morte, entrará na paz da mais alta beatitude.

Ouviste e compreendeste tudo isto, ó nobre príncipe? Libertaste de cuidados vãos o teu coração? Dissipou-se a treva que te envolvia a alma?

Fala Arjuna: Tudo compreendi, Senhor dos céus! Desertou de mim a tristeza; tua graça iluminou o meu coração e transfigurou a minha alma. Dissiparam-se as dúvidas; resplandece clara a verdade – e farei o que o teu verbo me mandou.

Fala Sanjaya: É este o maravilhoso diálogo entre o Senhor dos céus e o filho da terra, assim como o escutei. Sagrado assombro me fez estremecer o coração, quando o percebia.

Pela graça de Deus, e não por força própria, percebi o sacro mistério, a doutrina de yoga revelada pelo Senhor de yoga. Assim me foi revelada.

E todas as vezes que disto me recordo, enchesse-me de sagrado júbilo o coração; grande é a minha alegria, indizível é a beatitude que empolga a minha alma.

O que senti não o posso descrever, quando contemplava o Senhor dos céus. Adorar e pasmar – é só o que o homem pode fazer quando se lhe revela a luz da Divindade.

Onde quer que Krishna, o Senhor de yoga, governa, e onde Arjuna o serve, ali é segura a vitória. Benção e felicidade o acompanham – é esta a força da liberdade. Deveras, é esta a verdade!

Posfácio da Bhagavad Gita

por Sri Prem Baba

Ao concluirmos nossa jornada através da Bhagavad Gita, com os corações e mentes imbuídos das conversas eternas entre Sri Krishna e Arjuna, chegamos ao fim não apenas de um livro, mas de uma iniciação. Cada capítulo foi desenhado para servir como um espelho da nossa própria luta interna, onde as batalhas do campo de Kurukshetra são ecos das nossas próprias batalhas diárias entre o desejo e o dever, o temporal e o eterno.

Gostaria de reforçar o convite feito por Krishna a Arjuna – um chamado à ação que é tanto literal quanto simbólico. Assim como Arjuna foi encorajado a erguer seu arco e enfrentar seus dilemas com coragem e clareza, também você é chamado a levantar e lutar nas batalhas internas de sua vida. Os ensinamentos de Krishna, discutidos ao longo deste texto, não são apenas filosóficos; eles são profundamente práticos e imediatamente aplicáveis em cada decisão e escolha que fazemos.

Nas páginas da Gita, Krishna não nos ofereceu respostas fáceis, mas ferramentas para forjar uma vida de profundidade espiritual e autenticidade moral. A verdadeira mensagem desta Gita ressoa na necessidade de ação consciente, uma ação que é informada pela sabedoria e temperada pela compaixão. É um lembrete de que, enquanto carregamos nossos próprios arcos e enfrentamos nossos desafios, não estamos sozinhos. Krishna, como o eterno cocheiro, está sempre ao nosso lado, guiando-nos através da sabedoria eterna que transcende o tempo e as eras.

Portanto, enquanto você coloca este livro de lado, que seu espírito não coloque de lado as lições aprendidas. Que as palavras de Krishna se tornem sementes em seu coração, germinando em ações que refletem sua mais alta integridade e aspirações mais profundas. Que você encontre a coragem de enfrentar as sombras e as luzes de sua existência com a mesma bravura e convicção que Arjuna finalmente encontrou ao aceitar seu papel no grande drama do dharma.

Que sua jornada daqui em diante seja iluminada pela luz da Gita, encontrando em cada desafio um caminho para o crescimento, em cada incerteza um passo em direção à maior clareza, e em cada escolha uma oportunidade para viver seu propósito mais elevado.

Que você se erga e lute com sabedoria e compaixão, honrando seu verdadeiro ser e contribuindo para um mundo onde o amor e a verdade prevalecem sobre a ignorância e o medo. Que esta leitura seja não o fim, mas um novo começo em sua caminhada espiritual.

Receba minhas bênçãos. Namastê.

Sri Prem Baba

Esta obra foi composta por Maquinaria Editorial nas famílias tipográficas Stix Two Text e DM Sans. Impresso pela gráfica Plena Print em maio de 2025.